文芸社セレクション

南河内の善ちゃん

中村　俊治

JN126950

文芸社

ところで皆さん、ほんまのとこ河内て知ってなァッか。特に南河内のこと。大阪言うたらキタ（梅田）かミナミ（難波）や思うてるかも知れへんけど、大阪を縦にパーンと割った右半分は河内だっせ。どや。広いでっしゃろ。京都に近い枚方市や寝屋川市は北河内、奈良に近い八尾市、東大阪市を中河内、あとの一つは善ちゃんの暮らす南河内でおます。

きょうび難しい病名ばかりこさえてくれて困りまんのやけど、善ちゃんはざっくりいや知の方の難儀だ。しゃあけど、妙なレッテル付けは止めておくんなァれや。南河内の善ちゃんは善ちゃんであって、それ以外で呼ばれる筋合いは、いっこも（少しも）おまへんよってに。

言葉でいや、北はそうけ、南はみぃよ、中いっしょくた（まぜこぜ）と言いまんけど、河内（カーチ）弁いや南河内だす。古い方なら覚えてなァるやろけど、一九七六年（昭和五十一年）に流行った歌おまんな。

♪

オー、良う来たのワレ
まあ上って行かんかい
ビールでも飲んで行かんかいワレ
久しぶりやんけワレ
何しとったんどワレ
早よ上らんけオンドレ何さらしとんど
河内のオッサンの唄　河内のオッサンの唄

これから熱いのワレ
仕事がエライのワレ
もっと飲まんけオンドレ何さらしとんど
明日は休みやんけワレ
男はもっと飲まなあかんど
しっかりしとらんけワレ何さらしとんど
河内のオッサンの唄　河内のオッサンの唄

（ミス花子・河内のオッサンの唄）

当時はとも角、きょうびこんな荒くたいことおまへんで。特に戦後生まれの若いもんやと、河内弁は滅多と口にしまへん。もう忘れてなァるんとちゃーうやろか。しやけど、大声に早口に巻き舌は、これは血ぃでおますよってに、お世辞にも上品とは言えまへん。分かってま。

「言葉使いが汚ねェさけ、みィ損するわい」は、南河内人のぶっちゃけでおます。そん代わり、義理人情はどこより厚いだっせ。

ま、そないこないで、気根かいに（気長に）本編読んでおくなァれ。

一

棚田をスマートボールのように迂回してきたネブカ（河内弁でオンチ）の歌声は、近隣の住民なら誰もが知っているが、後藤善平に決まっている。こんな放歌高吟はヤツ以外いないし、ヤツなら雨が降ろうが槍が降ろうが歌三昧である。「ヤツに迷子札はいらんで」は、もっぱらの評判である。

「そんなわめいたら、イチョーラ（そこら中）に聞こえんでぇ」

「かにん（堪忍）やでえ。だあれもおらん思うてたんやあ」

歌声の割に、声は消え入るように小さい。

「喜び勇んで、どこ行きだぁ。楠さんけぇ」

四月二十五日は建水分神社（通称水分神社）の春ごと（春祭り）である。

「ウエノアーン、とこやあ」

「ワレらは、チョンチョンの仲（ツーカー）やさけなぁ」

後藤善平は隙だらけの顔で笑っている。目尻の皺こそ少ないが、ずんぐりむっくりで、実を言うともう還暦ジジイである。

「仕事はー」

「あさげ（起き抜けの農作業）したから、かめへんてえ」

「誰がやー」

「オカン、やあ」

「まっかぁさぁは、どう言うてなはったぁ？」

「まっかぁさぁて、なんやあ？」

知らないことは頭を下げて尋ねよは、卒寿前のオトンが口を酸っぱくして説く教えである。近隣住民もそれを承知で、これはこうやでそれはああやでと手取り足取り教えてくれる。

「怖い人のことや。つまり、ワレのオトンや」

「オトンは、いっこも怖ないでえ」

「取って食うような顔、してるやないけぇ」

「取っては食わんでえ」

「なんぼなんでもなあ」

「怖いオッチャンなら、おるけどなあ」

「ありゃ確かに、取って喰うな」

家にしょっちゅうやって来るオッチャンは、オトンの古くからの友だちである。長い白髪を仙人のように束ね、大柄の図体、いかつい顔面、割れるような大声に加え、全身赤のコーデを七十年以上変えていない。赤鬼さんと呼ばれるゆえんである。

「なんぞあったんかいな。そんなんワイにまかイッときい、軽々や」

村のご意見番は落語の「宮戸川」と瓜二つで、ただしこの方はコテコテの河内弁である。

人口が五千人を行ったり来たりのここ千早赤阪村は、大阪府で唯一の村である。スーパーもコンビニもない村は、生協による移動販売車が週一回運行されている。二十四時間営業の店は夢のまた夢で、夢と言えば、村民は十時になると恐いものが来たように電気を消して寝てしまう。後は、草木も眠る暁闇である。その代わり、朝は寝ぼけ眼の真っ暗なうちから電気が点く。

交通の便もはなはだ悪く、南海電鉄千早口から八キロ離れた村への交通手段はなにもない。テクシーだと二時間かかる。富田林や河内長野から巡回するバスの方が便利である。陸の孤島と呼べば、「ほなこと、あるけぇ」と怒鳴られるから、口が裂けても言えないが。

「腹ごしらえは、したんけぇ」

「おかいさん三杯、食うたでえ」

善ちゃんは右手で「三」を示した。オトンの言う「仏の顔も三度までや」は、善ちゃんの常数である。

南河内の農家の主食はおかいさんである。普通粥ではなく茶粥で、夏は井戸で歯が浮く程冷やし、冬は喉が火傷するほど熱く炊く。南河内人は煮えたか煮えないかわからない中途半端は大嫌いである。移動販売車では、茶粥専用の粉茶も売っている。

茶粥は貧しかった米農家ならではの倹約である。普通粥は米一に水七の割合だが、味が付く茶粥は水をさらに増量できる。「物は千年の貯えや、粗末にしたらバチあたる」は、今も昔も変わらない南河内人の金科玉条である。

おかずの定番は垣内（屋敷内にある畑）から収穫した野菜の漬物で、春は菜の花、夏はキュウリ、秋はなすび、冬は白菜やこぉこ（たくあん）と、旬の相場も決まっている。

南河内人は外でどんなご馳走を食べても、家に帰ればおかいさんと漬物で一膳食べる。「やっぱしうちのおかいさんが一番や」が決まり文句である。

お茶代わりに食するのは道理で、おかいさんは食べるというよりすするである。腹は満ちるが、じきに減る。栄養面でも甚だ疑問で、村民は昔から胃弱の者が多いと聞く。

「かき餅も、食うたでえ」

「朝から、豪勢やのう」

かき餅は餅を薄く切って天日に干した保存食で、くらいぬけ（大飯食い）を黙らせるオカンの配慮である。

「善ちゃんは、気楽でええなぁ」

「そうかあ」

「人間気ぃ楽に生きるんが、一番や」

なにも遮二無二頑張るだけが人生ではない。生き方は人の数だけある。「幸福」を国語辞典で紐解くと、現在の環境に十分満足でき、あえてそれ以上望もうという気持ちを起こさないこと、とある。それでいえば、善ちゃんは間違いなく「幸福」である。

顔も　身体も　名前も　姓も
お前に　それは　丁度　よい

良寛（以後も良寛語録）

南河内の名前の呼び方は独特で、後藤の場合は「ゴターン」である。これが米田だと「ヨネダーン」で、北田なら「キタダァーン」、北井だとどっかのコンビ名みたいに「キタイーン」となる。ただしこの場合だけ「キタイーンとこ」が付く。

後藤善平のことを「ゴターン」と呼ぶ者はいない。誰もが親しみを込めて「善ちゃん」と呼ぶ。善ちゃんがその名の通り和顔愛語の善人だからである。善人ぶりが際立ってアラが目立たないのは、心理学で言うポジティブ・ハロー効果である。

善人にも二通りある。理性の善魔と素の善人である。善魔の模範的な言動は、受け取る側が窮屈に感じる場合もあるが、もう一方は全くの無辜である。いずれにしても、心はちゃんと顔に書いてある。

「もういんで（去って）、ええかあ」

善ちゃんは声も動作も冬の日向ぼっこである。いらち（短気）にはたまったものではないが、幸い村に不平顔はいない。

「おっちゃん、さいならあ」

善ちゃんはよっぽど急いてるかして、ぎこちなくお辞儀をすると、棚田の広がる西赤坂の方へ歩き出した。

「善ちゃんよう」

善ちゃんはゆっくり振り返った。

「急いてるとこ、悪（わ）りけどなぁ」

「なんかいなあ」

「二十も年下のモンに、おっちゃんはないからな」

「ほんなら、オジヤンかあ？」

「ンなあほな！」

あんにゃんは、吉本ギャグで二度ほどひっくり返った。

「かに（堪忍）してくれや。なんぼなんでもそらないで」

嫁取り前で四十にはまだしばらくある身が、赤いちゃんちゃんこを着て祝い餅を配った還暦ジジイに、オジヤン（河内弁で言う高齢者）と呼ばれる筋合いはない。

「ほな、なんちゅうんやあ」

善ちゃんは膝を折って頭を下げた。

「苗字でよんだら、ええがな」

「苗字は、なんちゅうんやあ」

ほーらまたや、もう耳にタコができるほど教えたはずやと思いながら、あんにゃんは快く教える。

「キタムラーン、でおまっさ」

キタムラーンは北村である。

「名あはー？」

「名あまで覚えんでよろし」

善ちゃんが苗字で覚えているのは、ウエノアーン（上野）とサイターン（斉藤）だけである。二つも覚えれば大したものだが、二人とも呼び慣れた竹馬の友である。

「覚えんの、難儀やなあ」

善ちゃんは頭を抱え込んでしまった。

「ほなことあるけぇ。ごくごく普通の苗字やで」

善ちゃんは「キタムラーン」を復唱しながら、鶏のようにとっとと歩き出した。

「善ちゃんよう」

「なんかいなあ」

「そう根詰めんでも、ええさけな」

善ちゃんは何しろ急いでいる。午後の農作業までに戻らないと、オトンにしばかれるからである。下手をすれば昼飯抜きである。それだけは、死んでも避けねばならない。

「しばく」は関西では日常語で、ＳＭのようにこってり折檻する訳ではないので、気にしてもらう必要はない。時に雷を落とすオトンは、確かにまっかあさあではある。

「キタムラーン、キタムラーン」

二宮金次郎のように勉強中の善ちゃんの鼻先を、黄色いモンシロチョウが舞った。

「ちょうちょう、さーん」

蝶々は子どもの頃からのダチである。よって、普通に話しかけた。

「待ってんかあ」

モンシロチョウはホバリングをしたが、いつの間にか菜の花畑に見えなくなってしまった。

「たんねた（尋ねた）のに、なあ」

花、無心にして蝶を招き

蝶、無心にして花を訪れる

善ちゃんはこの騒動で、折角勉強したキタムラーンが頭から飛んでない。善ちゃんは一つにつき一つモノを覚えるタイプで、一つを覚えたら前は綺麗さっぱり忘れる。

「おっちゃん。さいならあ」

善ちゃんは前を向いて、とっとと歩き出した。

「アチャー、今さっき教えたばっかやのに、テェントと（すっかり）忘れてもうてるわ」

あんにゃんは聞こえないように溜息をついた。

「まあええわ。政治家でもあるまいし、連呼して覚えて貰う程の名ぁでもないさけぇな」

人生の答えが一つきりなら、世の中面白くもなんともない。答えは人の数だけある。誰かて得手不得手はあるんやしと、あんにゃんはいたって鷹揚である。

「善ちゃんよぅ」

「なんかいなあ」

「おんごおんご（愚図愚図）しとったら、しまいに日ぃ暮れるでぇ」

「はあい」

善ちゃんはモノを覚えない代わりに、子どものまんまの純粋無垢を保っている。善ちゃんの心は、ウエノアーンの棚田に飛んでいた。

二

あれもこれもと駆逐艦のように能力を完備した者は、些細な不首尾に翻弄されがちである。

それに引き換え小舟に櫓一つの者は、へえそんな事でという取柄で人生を謳歌する。

善ちゃんにとって歌がまさにそれである。

♪　串にささって　だんご　だんご
　　三つならんで　だんご　だんご　（だんご3兄弟）

善ちゃんがウエノアーンの棚田に向かう時歌う「だんご3兄弟」は、野球選手がマウンドやバッターボックスに向かう時流れる登場曲と思って貰って差し支えない。さあ行くぞと士気を高める音楽である。

両親が早逝した上野家の屋台骨は、少ない棚田に辛苦辛苦（苦労）する長男で、裕福ではない。食てチョンである。

兄思いの三男は、一家（家族一同）を引き連れて田植えや稲刈りにやって来る。自分がいちばんの次男は、五十を過ぎても家族も定職もないちゃらてん（ちゃらんぽらん）で、思い出したように戻ってきては金を無心していなくなる。

上野家はその事情である。


「善ちゃん、どこ行きだぁ」

背後でゆっくり車が止まり、若い男の声が追ってきた。千早（年寄りはチバヤと発音）では、クラクションより地声である。この方が対人関係に優しいのは、言うまでもない。

村民は見回り隊のように善ちゃんに声をかける。荷台の大きい軽トラに乗ったにいちゃんは、子か孫の年齢である。

「ウエノアーン、とこやあ」

人見知りは、恥ずかしそうに答えた。

村で幅を利かせているのは、軽トラとばたこ（オート三輪車）である。ばたこは小回りが利いて便利だし、農業用の軽トラは超低速ギア、ぬかるみにはまった時効力を発揮するデフロック、荷台作業灯が装備され、日常生活にも重宝である。普通乗用車の半額以下で、燃費も税金も割安と来たら、千早では断然軽トラである。

「善ちゃんよぉ」

にいちゃんはわざわざ車を路肩に寄せて降りてきた。

「道の真ん中歩いたら、危ないでぇ」

にいちゃんは善ちゃんの目を見てまっすぐモノを言う。人に対する正解である。一方の善ちゃんは、いくらオトンに注意されても、相手を正視することができない。

「ジゲ（地元）のモンは荒くたいことせんけど、タショ（他所）モンならひき逃げされるでぇ」

「ひき逃げされるかあ」

善ちゃんは相手の言葉をまねし（エコラリア）するので、会話は倍手間取るが、にいちゃんはそんなことは屁とも思っていない。

「間違いのう、お陀仏や」

「お陀仏て、なんやあ」

「死ぬ、言うことや」

「おとろし（恐ろしい）なあ」

「時々道の真ん中歩いてるけど、アレ、なんでなん」

「なんでやろなあ」

善ちゃんにも分からないし、説明もできない。項垂れるばかりである。

「大声で、歌うてるで」

「歌うてると、なんも分からんようになるんやあ」

善ちゃんは下を向いたまま答えた。

「なるほどなあ」

にいちゃんは駐在さんの口調になった。

「けど、そんなことしとったら、しまいに轢かれてまうで」

「轢かれたら、死ぬんかあ」

「そら、死ぬよ。善ちゃんが死んだら、村中が悲しむで」

善ちゃんは優しい言葉には滅法弱い。「おおきにい」と頭を下げた。

「善ちゃん、こうしよや」

「なんかいなあ」

「何があっても、右側しか歩かんつうことに決めるんや」

善ちゃんは「箸の持つ方や」と、右側通行を厳しく教えられている。

「分からん時は、右手を挙げてそっちへ寄るんやで」

「そんなら、死ねへんかあ」

「太鼓判や」

そらまあなんとも言えんと思いながら、にいちゃんは確約した。固い約束は、先日も交わしたばかりである。

「あたり前田の、クラッカーかあ」

善ちゃんは右手を前に、往年の藤田まことの見得を切った。

「なんじゃ、そら」

二十歳そこそこのにいちゃんが、テレビ創世記の「てなもんや三度笠」を知る道理がない。

「善ちゃん、気ぃ付けやぁ」

念入りな実地指導を済ませると、軽トラは善ちゃんをゆっくり追い越して去って行った。

「済まんなあ。おおきになあ」

人に親切にされたらちゃんとお礼言わなあかんは、オトンの絶対の教えである。

「おっちゃん、おおきになあ。バイバーイ」

善ちゃんは軽トラが見えなくなっても、まだ手を振っていた。

三

♪
弟想いの長男　長男
兄さん想いの三男　三男
自分がいちばん次男　次男
だんご3兄弟

にいちゃんの優しさに後押しされたネブカの歌声は、誰憚ることなく千早の天空に吸い込まれて行く。善ちゃんが唸ろうが叫ぼうが、千早はびくともしない。神経質な都会とは違い、千早はどこまで行っても平歩青霄である。善ちゃんの自由を拘束するものは何一つない。

歌声を聞きつけたらしい太陽が、西に向かう団子のような背中に声をかけた、としよう。

「善ちゃん、のびのびすんのぅ。天気もええしい」

「はあい」

善ちゃんも以心伝心で呼応した。

「良寛さんの言う通りやのう」

「良寛さんて、誰やあ」

「昔のぼんさん、やあ」

天　上　大　風
一　二　三　　（ひぃふぅみぃ）

「ほな、先行くでぇ」

「はあい」

自然は人に対してああせえこうせえと言わない。太陽は周囲を満遍なく照らしながら、西へ渡って行った。

太陽が昇る方角にある金剛山は、千早のランドマークである。奈良県御所市との境にある標高一一二五メートルの山で、今から千三百年前修験道の開祖役小角（役行者）が修行した霊峰である。気軽に登れる健康登山、回数登山の山としても有名で、登山が無理なら村営の「金剛山ロープウェイ」がある。

「行こ、行こ、早よ行こ」

あっけらかんな太陽に応援された善ちゃんは、竹の皮にションベンになった。河内弁でいうバリバリの絶好調である。

ションベンと言えば、今朝の善ちゃんはちょっと虫の居所が悪かった。珍しく、オカンと諍ったからである。

「腹がグウグウ鳴るんやあ。もう一枚かき餅おくれえなあ」

頼み事であるから、善ちゃんは両手で拝んだ。

「ショクタイ起こす（食べ過ぎてしんどくなる）から、アカンわよ」

善ちゃんはやから（反抗）で、お茶をがぶ飲みした。

「ああ、ああ。そんなに飲んだら、おしっこ近なるでぇ」

「かまインのやあ」

「なら、好きにしなはれ」

で、いわんこっちゃない、早速尿意を催した。善ちゃんは妙な呪文を唱えながら、立ちションベンを始めた。

「チンチンあるなぁ、あった、あった、はい、シィー」

昔オカンがよく口にした呪文は先代で、今のオカンではない。

先代はいたかぜ（体の節々が痛い風邪）をこじらせ、救急搬送中に亡くなった。人の命は何とも儚い。四歳の誕生日直前の息子を残した二十八歳の若い身空である。さぞや無念であったろう。心残りであったろう。

河内でいうこつまなんきんだったオカンは、怠け癖のあったオトンを改心させ、ついでに悪友の赤鬼さんも更生させた。

こつまなんきんは戦前の河内女の代名詞である。白いもち肌、小柄、小顔、大きい瞳、一見弱々しそうでしっかりモンと、条件は厳しい。

とことん惚れ抜いた女を失ったオトンの落胆は目に余るものがあり、みるみるおんぼろさんぼろ、落ち目の三度笠になった。

「もうアカン。うたう（くたばる）一歩手前や」

にっちもさっちもいかない窮状を救ったのは、赤鬼さんだった。持ち前の人力であちこち手を回し、近所に出戻っていた女を熱心にくどいて後釜に据えた。それがよかったのである。二代目も先代に負けない賢妻だった。

四

この縁談、落ち目の三度笠の方が渋っていたのである。

「オレオマエ（南河内で話を切り出すきっかけ言葉）、腹割るで」

「ああ、何でも言うてくれ」

「まさかと思うが、よからんこと考えてんやないやろな」

奥の間には、ようやく寝かせ付けた善ちゃんが眠っている。隣のオバンも助（すけ）てくれるが、男一人の子育ては並大抵ではない。

「分かるかいの」

「ワレの顔に書いたァるわ」

オトンは発達の遅い息子を道連れに死んでしまおうと、自棄になったのは事実である。

「そんなことしたら、人の道に外れるさけな」

「よう、分かったンがな」

オトンは首を垂れた。

「それが心配やさけ、いらん節介やがな」

「なんかいの」

「嫁の口や」

「ありがたい話やけどのう」

「先に言うとくけど、向こうは出戻りや」

「ワイかて、見ての通りのこぶ付きや」

「向こうかて、こぶ付きやで」

「男か、女か」

「そら知らんけど、先方へ置いてきたらしい」

「なら、こぶつきやないがな」

「そういうこっちゃな」

「しかし、なんで大事な子ぉを置いてきたんやろのう」

オトンはその方が気になった。

「家柄がつろく（釣り合い）せんかった、言う話らしいわ」

「えげつない話やのう」

「オヤケ（金持ち）は、なんでも意のままになる思うてるさけな」

「腐った根性やのう」

「ワレらは逆立ちしても、なれんわいな」

「コヤケ（貧乏）で、上等やわさ」

「ほいで、肝心の話や」

「善平は、知恵が遅れてるさけな」

「おいおい身いについてく子ぉや。急いてもしょうあらへんがな」

「そらまあ、そやけどのう」

「つべこべ言うてんと、いっぺん会うだけ会うたらどないや」

赤鬼さんのたっての勧めで、オトンは実家のアマエン（縁側）で飼い犬と寛いでいる女を下見した。

見たところは抜けるような色白で、歳も五つほど若い。こらええわいと鼻の下を伸ばした瞬間、女がひょいと立ち上がった。

「アチャー」

オトンは小股掬いにかかった顔になった。

「あんな女相撲みたいな女とは、つろく（釣り合い）せんわ」

オトンは人よりうんと小柄である。

「これは肌合いの問題やさけな。おかいさんをパンに変える訳いくかい」

瘦せても枯れても、オトンの好みは小柄のこつまなんきんだった。

「そら、食わず嫌いや。パンかて食うたら案外うまいで」

「あんなスカスカしたもん、あくかい」

「先方は、善ちゃんの母ちゃんならなってもええ言うてんで」

「ほう、そらまたなんでや?」

オトンは物想う表情になった。

「善ちゃんは、天使やて」

「天使やあるかい。めちゃ手ぇのかかるガキや。善平のことよう知らんのちゃうけぇ」

「ごんたくれ(きかん坊)してるとこ、何べんも見てるそうや」

「変わった女やのう」

「ワイかて善平は可愛いで。なんなら貰たろか」

「瘦せても枯れても、人にはやらんわい」

「そいでこそ、血の通った親や」

「あっち系か」

「宗教はやっとらんやろ。知らんけど」

「じゃ、なんでや」

「置いてきた我が子代わりと、思うてるかも知れんのう」

「ふーん」

「花子ちゃんは、何やむつかしこと言うてたで」

「花子、言うんか」

「呼びよい名ぁやろ」

赤鬼さんは懐からメモ帳を取り出し、そのまま読んだ。

「欲なければ一切足り、求むる有れば万事窮す、やて」

「なんじゃ、そら。さっぱりちんぷんかんぷんや」

「良寛さんや、そうな」

「あの、まり突きのか」

「そやないんけ。知らんけど」

寛政三年（一七九一）越後国三島郡出雲崎村（現新潟県出雲崎町）に生まれた良寛

は、四十六歳で西生寺に仮寓した際、「千時発亥初秋野積村於弘智法印山内」と時と所を明記し、次のように記述している。明治以前の差別への言説の唯一である。

若し邪見の人・無義の人・愚痴の人・暗鈍の人・醜陋の人・重悪の人・長病の人・孤独の人・不遇の人・六根不具の人を見る者は、当に是念を成すべし。何を以てか之を救護せんと。

従佗（たとい）、救護する能はずとも、仮にも驕慢の心・高是の心・調（嘲）弄の心・軽賤の心・厭悪の心を起こすべからず。（沙門良寛）

「インテリ、け？」

「高等学校は出てるそうやけど、フツーやろ」

「変わりモン、ちゃうやろな」

「ほんな感じでもないで。身ぃは確かにげらい（でかい）けど、おっとりしてるわ」

「フーン」

「で、どないすんや」

オトンは体格以外は及第点だった。

「次当たる都合あるさけ、はっきりモノ言わんけ」

赤鬼さんは、自他ともに認めるいらちである。

「先方は来てもええ、言うてんやな」

「そやで」

「なんもない貧乏所帯やけどの」

「百も承知や」

「そら、余計やがな」

「つべこべ言うてんと、早よ返事せえや。花子ちゃんは来てもええ言うてんやさけぇ」

「しかし、けったいな女やのう」

「いや、道理の分かったまともな女や思うで」

「そんなら、貰うてやってもええけどの」

「恩着せがましい事抜かすな。ワレは頼む方や」

「そら、済まんかった」

「生みの親より育ての親言うんや。案ずるより産むが易しや」

こうして誕生した松の木に蝉々（南河内で言う蚤の夫婦）を、善ちゃんが認識しているかどうかは、いまだグレーゾーンである。

五

善ちゃんが排尿後の身震いをしていると、坂上で軽トラの止まる音がして、「こらあ」と胴間声が下りてきた。小鳥も逃げ出すどら声である。

大声が苦手な善ちゃんは、条件反射で耳を塞いだ。これが乗じると、ハリネズミのように蹲る。

不安やフラストレーションを回避する防衛機制を、分析学では「合理化」と呼ぶ。昇華、同一視、投射、反動、形勢等に分類されるが、善ちゃんは、不安を抑え込もうとする抑圧感情が強い。

「誰が、赤鬼じゃ」

鬼より怖い赤鬼さんがひょいと姿を見せたから、善ちゃんは慌てて耳塞ぎを解いた。赤鬼さんの癇に障るからである。

「なんでそないおどおどすんじゃ。ジッと構えてぇ」

可愛い子には何とやらで、赤鬼さんは善ちゃんをビシビシ鍛える。

卒寿前の爺さんだが、オジヤン（高齢者）と呼ぼうものなら足を引きずって追いかけてくる。左足の不自由は、幼少時の怪我の後遺症である。

「誰がオジヤンじゃ。あんにゃん、人よう見てモノ言いやぁ」

「おっちゃんは、年の割に隆々してんなあ」

相手はすぐしゃっぽん（帽子）を脱ぐ。

「それがやえ。とっしょりは死ぬために生きとんやさけな」

「どう見ても元気そうや。百年はいけるで」

百年と言っても、十年チョイである。

「なんも長生きしよ思うて生きてンやないわい。そいだけはわかってくれんとな。こいだけ長いとあの世の出迎え衆が多いさけ、手土産の算段してんやがな。難儀なこっちゃで」

「善平。駐在さんに厄介掛けるようなことしたら、あかんど」

駐在さんと聞いて、善ちゃんはキーと喉を詰まらせた。駐在さんと病院は地獄と数珠繋ぎである。

「害（悪さ）すんなぇ。村のご神木にしょうべんかけたら、バチあたるやないけ」

楠は正確には神木ではなく村木である。楠は樹齢が長い上、樟脳の原料にもなる。

「かにん、やあ」

善ちゃんは人にもモノにも臆病だが、一方では従順すぎるほど従順である。

「やえ、成年男子。この忙しのに、なにのォのォさらしてけつかんねん」

千早の住民は「貧乏人は足止めたら、死ぬようなもんや」の、働きモンばかりである。

「田ァ行き、は？」

「あさげしたから、かめへんてえ」

「まっかぁさぁが、言うたんか」

「オカン、やあ」

「うっふんうっふんが、また甘やかしよったんやな」

二代目オカンは、青江三奈のようなうっふんうっふんの咳払いが癖である。

「善平。オッチャンの言うことよう聞きや」

「なんかいなあ」

「オトンもオカンも、あさげが済んだら終いやないんやで」

「終いや、ないのかあ」

「ワレがのらくらしてる間ァも、汗水たらして働いてんや」

善ちゃんはちと認識が甘かったようである。

「オトンもオカンもとっしょりや。そら、善平にもわかるやろ」

「分かったンがな」

「とっしょりばっか働かしたら、あかんやろが」

「あかんわなあ。そら、やっぱしあかんことやなあ」

「善平は、後藤家の長男やさけな」

善ちゃんは「長男」という言葉に弱い。

「ようドビ（頭）に叩き込んどかな、あかんど」

言い聞かせてにわかに理解するものではないが、赤鬼さんは事あるごとにこの話をする。

「善平、分かったか」

「よう分かったンがな」

説教から解放されると、善ちゃんはみるみる破顔一笑した。全く現金なヤツである。

だが、この邪気のない笑顔を見れば親なら可愛いやろと、赤鬼さんは思う。ワイかてコイツは死ぬほど可愛い。少々間延びしているが、ねそがこそする（陰で悪いことをする）訳ではない。誰より正直である。


「おっちゃん」

「なんやいな」

「ちと、モノたずねてええかあ」

「ああ、何でも言うとみ」

「今、何どきやろかあ」

「待っとけ。けーちゃん（時計）、見たるさけ」

赤鬼さんは文字盤が茶色くぼやけた年代物の時計を遠目で覗いた。

「善平、はや十時半や」

「昼までには、あと何どきやろなあ」

「一時間ちょぼっと、やな」

善ちゃんは小首をかしげた。

「そら、どんくらいやあ？」

見当識は、日付や時刻、場所、周囲の状況、人物等を把握、理解する能力である。

善ちゃんはこれが不足で、こうした哲学的な質問になる。

「さあて、のう」

　赤鬼さんは具体で説明することにした。

「かいぐりかいぐり（順番）言うで。よう耳ほざいて聞きや」

　善ちゃんは言われるままに、耳をほじくった。

「善平がこれから行くやろ。二言三言しゃべって、戻ってきたら、ほぼほぼ一時間やさ」

　赤鬼さんは毛利の三矢のように、一本ずつ指を立てて説明した。

「ウエノアーンは、いっこもしゃべらんでえ」

　ウエノアーンは「人間あんまりモノ言わん方がええ」と言う。

「ほんなら、善平だけ挨拶して帰ってきたら、ほら、指一本減ったやろ。つまりトンボ返りや」

　赤鬼さんは手品のように人差し指を引き抜いた。

「トンボ返りて、なんやあ」

「あっという間のことやさ」

　赤鬼さんは人差し指をチクタク時計のように動かした。

「おっちゃん、かにんなあ。こんなことしておれんわあ」

善ちゃんはよっぽど慌てたかして、駆け出す前にたたらを踏んだ。

「あんだら（阿呆）、足は無事か？」

赤鬼さんは善ちゃんのドジを笑って擁護する。

「そや、善平」

「なんかいなあ」

「村長さんに頼んで、有線放送してもろたろか」

善ちゃんは、それはどういうことかの顔だった。

「デモ隊みたいに帰れぇ帰れぇて放送かかったら、善平にもわかるやろ」

「よお分かるなあ」

「ほな、頼んでくるさかいな」

「おっちゃん、済まんなあ。そら、済まんことやなあ」

赤鬼さんは腹を抱えて笑った。

「善平。人の言うこと鵜ん呑みしたらあかんど。冗談や。冗談。冗談は分かるやろ」

「分かったンがな」

「村長さんもそこまで暇やないさけな。それに今日は皆して運動会（団体旅行）やさ」

「なんやあ。そうかいなあ」

善ちゃんとはこうした他愛ない話をして笑えるから楽しい。人は毒にも薬にもならないことをしている時が一番楽しいのである。

村長さんに有線放送を頼まなくても、善ちゃんには鬼に金棒の味方がある。腹時計はグリニッジ平均時よりも精巧で、三度の飯にあぶれる心配はない。人はちゃんとうまい具合にできている。

「まあ、気ぃ付けて行きぃさ」

「はあい」

善ちゃんの返事は、百点どころか千点満点だった。

六

「森林浴」は一九八二年林野庁が提唱し、二〇〇三年には「森林セラピー」なる造語も生まれた。森林の空気や木々のざわめき、樹木や草木から発散されるフィトンチッドという物質が、緊張や不安や抑うつを解消し、怒りや疲労を低下させる効果があるという。四方を緑の山に囲まれた千早赤阪村は林野庁のお墨付き間違いなし、太鼓判である。

緑は人の目に優しい色である。緑満載の千早の地形は、光や風を自然にとらえ、懐かしい日本の原風景を形成している。若葉から青葉に移ろうこの時期は緑がひと際美しい。

松柏　千齢の外　清風　万古に伝わる
四序　鳥相和し　冷泉　長（つね）に潺湲（せいかん）たり

千早が誇る棚田は、山間の傾斜地に階段のように作られた水田である。厳谷栽松と言う言葉があるが、棚田の景観はひとえに百姓の丹精によるもので、それは後人に伝わる。労働の尊さである。

田植え前のこの時期、水を張った棚田に青空がそっくりそのまま映り、風が吹くたびに一寸光陰の変化を繰り返す。水が跳ね、空が百面相する。まさに自然の万華鏡である。

「きれいやなあ」

善ちゃんは赤鬼さんとの約束をすっかり忘れて、渓声山色に見入っていた。こうなったら、善ちゃんはてこでも動かない。子どもの頃はこれがトラブルの主原因だった。

「天国、やあ」

天国はオトンから聞いた夢の楽園である。「この世にもあの世にも、天国はあるさけえ」は、オトンのたまさかの名言である。

善ちゃんは子どもの頃から、光に向かって掌をかざす習癖がある。掌をひらひら動かすのは、光を調節しているようにも、光と戯れているようにも映る。光や風は、善ちゃんの大切な友垣である。

風のそよぎや渓流には高周波が多く含まれ、人の心を和ませるという。「光は光で、人を招く」と言ったのは、これは良寛ではなく高見順である。


「やえ、善平」

赤鬼さんがじき追いついてきた。

「なんかいなあ」

「なんかいなぁやあるかい。こないだ中は桜の花びら散るのんを見とった思うたら、今度はなにかえ。なにぼーと見とったんや」

「棚田、やあ」

「そんな変哲もないもん見て、どないすんや」

善ちゃんは説明できないから、笑うばかりである。

「確かに、キレイはキレイけどの」

赤鬼さんは右手を庇に棚田を見上げた。光が「永遠」とツレであることを、赤鬼さんも知らないではない。何なら、このまま一緒に眺めていたい位である。

「けんど、もうアカン。もう十一時半や。早よ帰らな昼飯抜きやで。そんでもええんけぇ」

赤鬼さんは「アカン」を連発して、善ちゃんに引導を渡した。

「かにん、かにん。もうせえへん」

「もうせえへん言うなら、かまインわ。そん代わり、必死のパッチで走って帰れさ」

「必死のパッチて、なんやあ」

「飛んで帰るんやさ！」

赤鬼さんは善ちゃんの背中をポンと押した。

「えらいこっちゃあー。昼飯食わしてもらえんようになるわあ」

急を要する極楽とんぼは、両手をひらひらさせながら緑の中を行く。

♪　飛んで、飛んで、飛んで、飛んで……　　（円広志・夢想花）

善ちゃんのご機嫌な歌声が聞こえてくる。

「善平のヤツ、いっこも進まんと、グルグル回ってんで」

赤鬼さんは軽トラで送ってやろうと戻りかけたが、いやその癖を付けたらあかんと、黙ってそのまま見送ることにした。

七

　幸福な人生は穏やかな生活のことである。毎日同じことをして、時には退屈や窮屈であっても、少しも飽きない生活である。人は時にスリルを求めるが、曲芸のような人生を望んでいる訳ではない。

　善ちゃんはかれこれ十日ほど、ウエノアーンに会えずにいる。その間何度も夢に見た。

「ゆんべ、ウエノアーンに会うたでえ」

「そう、よかったねぇ」

「おとといも、会うたんやあ」

　オカンは善ちゃんの夢に根気よく付き合ってくれる。

「その前も、会うたでえ」

「きっとウエノアーンも、喜んでるわよ」

「むしゃむしゃ、餅食うてたなあ」

「今時分なら、あんこ餅やわね」

おはぎのようなあんこ餅は、春ごとの餅である。

「ワイも、食いたいなあ」

「また、作ってあげるさかい」

「赤猫餅も、食いたいんやあ」

善ちゃんの食物記憶は、借金証文よりも正確である。赤猫餅（米と麦の粉を混ぜてつく）は半夏生の時で、祭りの時はクルミ餅、収穫につくのは猪子餅である。これとは別に、子どもが生まれた時は催促餅、一歳の誕生を迎えた男児が背負う一生餅、ソーレン（葬式）の時は笠餅と、千早は年中餅のオンパレードである。

餅の話題で満腹になった善ちゃんは、もうすっかりウエノアーンに会った気分になっていた。

「今日は、行かんの？」

オカンが許可を与えても、善ちゃんは丸い額に皺を寄せている。思案の時はこの顔と、決めているらしい。

「オトンやオカンばっか働かしたらあかんのやあ。ワイは長男やさけなあ」

おや、これはどこかで聞いたセリフである。

「あさげもひるげも、せんならんでな」

「そら、頼もしことで」

ウエノアーンの田んぼへは片手間で行けるし、こんな時自転車に乗れたらチョチョイのチョイだが、善ちゃんはテクシー（歩き）専門である。道草故に辿り着けないのは、記述の如しである。


「じっき帰るさかい、後頼むわなあ」

珍しくまっかぁさぁの許可も出て、おけんたい（おおっぴら）で出かける善ちゃんは、生憎の曇天など屁でもない。雷が鳴ればひっくり返るだろうが、それはその時の算段である。人生は成るように成る。さて、本日はどこまで辿り着くやら。

「善平ちゃん。お早うお帰りい」

オカンは恋人でも呼ぶような挨拶で息子を送り出す。声だけはいまだ娘で、知らない人でも「あんな風に呼ばれたいわ」と振り返る程である。ただし見返れば驚くこと必須で、五尺七寸（一七一センチ）、二十貫（七十五キロ）の堂々たる体躯は、河内女の戦後の代名詞「マドンナ」のはしりである。マドンナは大柄で派手過ぎない美人、誰とも親しく付き合える、大声を出したり慌てたりしない、モノをねだらないがその条件である。

　あの体形から人を癒す声が出るのは摩訶不思議だが、女は男より何倍も表現巧者である。男は諦めて歳をとるのに対し、女は幾つになっても好奇心旺盛である。それはさて置き。

　名前の呼び方は子育ての重要ポイントである。物は言いようである。子の名を愛しく呼べば、不幸になる子はいないし、親も一層愛しさを増す。一挙両得である。

「頼むから、傘持ってってえなぁ」

「いらんよう」

「そうかて、濡れたら困るやないのぅ」

「いっこも、困らんよう」

「善平ちゃんが困らんでも、お母ちゃんが困るんやわよぅ」

　オカンは「お・か・あ・ちゃん」と、ゆっくり念を押すように言う。息子がごねると、少し間を取る。

「風邪引いたら、困るやないのぅ」

　薫風のような物言いは、善ちゃんをいいように翻弄する。

「そんなら、持ってくわあ」

善ちゃんはオカンが丹精込めて縫った頭陀袋を首からかけ、荷ぃにはなるが柄の長い蝙蝠傘を持った。オカンの配慮で、善ちゃんはいつも洗濯の行き届いたさっぱりした身繕いである。

「肩に掛けた方が、ええのにぃ」

オカンがいくら勧めても、善ちゃんは頭陀袋を前に下げる。こういうところは、案外頑固である。

「善平。物乞いに行くようやのう」

頭陀袋を前に掛けると、確かに托鉢である。オトンはたまに冗談を言うが、「寝るより楽はこの世にないさけぇ」が口癖の、働くばかりの男である。

「物乞いて、なんやあ」

「もうええ、好きにせえ」

オトンもいつも事細かに教えてはいられない。

「ほな、行ってくるわなあ」

「お早う、お帰りぃ。気ぃ付けて行ってらっしゃーい」

「遅うなったら、家に入れんからな」

優しい両親に送られて世間に立ち向かう息子は、幸福以外の何者でもない。

「善ちゃーん」

家を出るなり、隣家の嫁が声を掛けてきた。奈良の在所から嫁いできたお鈴ちゃんと、四歳になる息子である。お鈴ちゃんは善ちゃんの娘の年齢で、敵か味方かと問われれば心強い味方で、息子の方は限りなく灰色である。

「なんかいなあ」

南河内では未婚は「鈴子ちゃん」、既婚は「お鈴ちゃん」、老女には「鈴ちゃん」である。

「ぼく、おはよう」

人は意識、無意識を問わず、世の中で何らかの役割を担っている。子どもはアンジョーしたらなあかんという思いは、誰に教えられたものでもない善ちゃんの父性である。

「ぼく、ちゃうで」

父性が、乗っけからダウンをくらった。

「ぼくと、ちゃーうんかあ」

「聡ちゃん、やがな」

聡ちゃんの名前は、何百回となく聞かされている。

「かにんやでえ。聡ちゃんやったなあ」

善ちゃんは平謝りした。

「ねえ、聞いてる」

善ちゃんは今度こそ忘れたらあかんと、名前を復唱していた。

「賢うなるようにて、お父ちゃんがつけてくれたんや」

「賢うなるようにい？」

善ちゃんは団栗眼をぱっちり開けた。善ちゃんは「賢い」に対してナーバスである。

「聡ちゃんは、賢い言う意味やがな」

善ちゃんはまた念仏のように唱え出した。

「なにぶつぶつ言うてんの？」

子どもは正直である。子どもの口に戸は立てられない。お鈴ちゃんは口達者な息子を叱っていたが、考え方を改めた。闇雲に叱っても息子は成長しないし、善ちゃんも庇うばかりが能ではない。

「何、入ってんの」

足に垂れる程の頭陀袋は、聡ちゃんでなくても気になった。

「なんも、ないでえ」

善ちゃんは咄嗟に嘘をついた。中身を見せるのが恥ずかしいという単純な理由である。

「膨らんでるやん」

「なんもないでえ」

善ちゃんはバイバイをするように、二度目の嘘をついた。

「けど、膨らんでるのは、なんでなん」

善ちゃんはこれで白旗を上げた。

「ほんなら、見せたるわあ」

「善ちゃん、大事なもんちゃうの」

「かめへんのやあ」

善ちゃんは頭陀袋を下ろすと、逆さにして勢いよく振り出した。

「壊れるんモンちゃうの」

お鈴ちゃんの心配をよそに、荷は一糸乱れず着地した。柔らかい布袋に小分けされていたからである。

「毬なん？」

お鈴ちゃんはまん丸に膨らんだ水玉模様の袋を手に取った。

「てんまる（河内弁で毬）、やがなあ」

オカンが嫁入り道具に持参した手毬を、可愛い息子に進呈したのである。

「開けてええ」

「ええでえ」

お鈴ちゃんは袋の紐を解いた。

「上等やわねぇ」

「上等て、なんやあ」

「特別にええ、言う意味よ。これきっと高いよ」

オカンの手毬が誉められたので、善ちゃんは嬉しくてたまらない。みるみる恵比須顔になった。

「ウエノアーンは、まり突きじょうずやでえ」

「へえ、そうなん？」

あのビリケンさんがまり突きをするかと思うと、お鈴ちゃんはおかしくてたまらない。善ちゃんはウエノアーンが喜ぶと思って、たまに持ち歩いているのである。

「蹴ってええ？」

聡ちゃんはサッカー遊びのつもりであろう。

「大事な毬やから、あかんわよ」

お鈴ちゃんは息子を制した。

「ええでえ。ええよう。なんでもやりいさあ」

聡ちゃんは蹴ってはみたものの、ただの一度で懲りた。手毬とサッカーボールでは、大きさも材質もまるで違う。

「おもんない」

聡ちゃんは原っぱのように正直だった。

「そんなら、これはどうやあ」

善ちゃんが取り出したのは、「べった」（めんこ）だった。厚紙でできた長方形のカードで、昔から男の子の遊びの定番である。

「えらいレトロやなぁ」

善ちゃんは「はてなんでしょう?」の顔になったが、子どもなので質問を控えた。べったの図柄は兵隊さんや昔の映画俳優やスポーツ選手で、確かにレトロである。

「今は、カードいうんやで」

「カード、言うんかあ」

善ちゃんは実地が一番と、べったを風圧でひっくり返した。

「裏返したら、一枚貰えんでえ」

聡ちゃんはあさっての方角を見ている。

「それのなんが、おもろいの」

善ちゃんはいきなりアッパーカットを食らい、そのままエコラリアで返した。

「それ、聞いてんやないの」

善ちゃんは再びエコラリアを発したので、お鈴ちゃんはここぞと助け舟を出した。

「善ちゃん、他のぅを見せて貰うてかめへん？」

かわいい渦巻き模様の袋を開けると、紙風船が出てきた。きょうびのゴム風船と違い畳んでおけば繰り返し遊べる優れもので、ＳＤＧｓなどという国を跨いだ大層なお題目を唱えなくても、昔はおもちゃからしてエコだった。

「善ちゃん、かわりばんこしよな」

善ちゃんはプーと膨らませて空に放った。遊びは、始める瞬間が一番スリルである。

お鈴ちゃんが乗ってきた。

「どうすんやあ」

「ええから、うちに任しとき」

ひい　ふー　みー　よう　いー　むー　なー

善ちゃんが突き落下しそうになるとお鈴ちゃんが拾う。これが功を奏した。二人は手を叩いて大笑いである。

「子どもから見てたら、なんもおもんないで」

聡ちゃんは競艇でスッたオッサンの悪態をついた。のけ者にされて面白くなかったらしい。

「ぼく、機嫌直しいやあ」

「ぼくちゃーう、言うてるやろ」

「そおやあ。ええもんあるでえ」

万華鏡はオトンが年代物のガラス切りでガラスを三面に切り、オカンが和紙を張り合わせた苦心の作である。買えば高いが、後藤家はなんでも手作りする。

「ぐるぐる回してみんかいやあ」

万華鏡は回すだけで日の前の世界が変わるし、回し方や速度によっても微妙な変化が楽しめる。聡ちゃんが喜んだので、善ちゃんは嬉しくてたまらない。

「ダイヤモンド、みたいやなあ」

こうして聡ちゃんは、ものの五分も遊んだだろうか。

「この一番大きい袋は、なんですか」

聡ちゃんは今度は敬語で来た。

「おすもん（河内弁）、やがなあ」

善ちゃんは大得意で答えた。一番の宝物は、寝る時も手元から離さない。

「おすもう、やろ」

聡ちゃんは真面目に教えた。

「おすもん、やあ」

善ちゃんも専門分野であるから譲れない。

「善ちゃん。お相撲やで」

奈良出身のお鈴ちゃんは、息子に軍配を上げた。

土俵に見立てた紙製の箱の上で両端をトントンすると、紙で作った力士たちが白熱の戦いを繰り広げる、相撲が国技と呼ばれた時代に流行った遊びである。

「大きいわりに、がらくたやなあ」

聡ちゃんはNO興味だった。

「コラッ、聡」

お鈴ちゃんもさすがに息子を叱った。

「お母ちゃん。もう家入ろうなぁ」

聡ちゃんは叱られて拗ねてしまったらしい。なにより、こんなガラクタに用はない。

「そう言わんと、見てみいさあ」

善ちゃんはトントン紙相撲の面白さを、聡ちゃんに教えたくて仕方ない。

「ちょっと、やってみんかいやあ。おすもんはおもろいでえ」

善ちゃんは露天商の口調になった。

「ワイは、おすもんの行司になりたいんやあ」

「無理やて。歳、取り過ぎてるわ」

聡ちゃんはどこまでもつれない。

「善ちゃん。ホテイ相撲やヤーホ相撲なら、やれる思うで」

中津神社のホテイ相撲や不本見神社のヤーホ相撲は、幼児の神事相撲である。

地面に座り込んでいた善ちゃんは、立ち上がってぱらっと扇子を広げた。

「東ぃ、北の湖、北の湖い、西ぃ、千代の富士、千代の富士い」

善ちゃんは素早く行司の軍配に持ち替えた。横綱北の湖と新進気鋭千代の富士の一戦である。

「手をついてえ」

「待ったなし」

善ちゃんは忙しい。軍配を返せば、両手で土俵をトントン叩く仕事が待っている。

「よーい、はっけよい、ノコッタノコッタ」

勝負はあっけなくついたが、再び軍配に持ち替えた勝ち名乗りは、木村庄之助のように厳かだった。相撲が始まると、オトンとテレビにかじりつく成果である。

「次は千代の富士と隆の里やでえ」

イソップの千代の富士は細目、あんこ型の隆の里は太めに作られていた。

「千代の富士は隆の里に弱いんやあ」

千代の富士が天敵隆の里に六連敗した記録が残っている。善ちゃんは相撲の記憶だと、湯水のように溢れてくる。さあこうなったら、善ちゃんはトコトンやらないと気が治まらない。

「ノコッタ、ノコッタ、ノコッタ、ノコッタ」

善ちゃんが興に乗ったところで、怪しかった雲間から雨がポツリポツリと落ちてきた。

「雨やよぅ」

お鈴ちゃんが促したが、善ちゃんに水入りはない。雨が降ろうが槍が降ろうが待ったなしである。

「雨に、濡れるでえ」

聡ちゃんも大声で駆け出した。

「善平ちゃーん」

善ちゃんの返事はない。

「呼んだら、返事して頂戴」

蝙蝠傘をさしたオカンが、ノッシノッシ近づいてきた。

「困った人やなぁ。雨降ってるやないの。傘ささんかいなぁ」

「えらいこっちゃあ。おすもんが濡れてもうたわあ」

善ちゃんは今頃になって慌てている。

「お母ちゃんがあんじょうしたげるさかい、早よう家に戻りぃな。風邪ひいたらつまらんさかい」

「オカン、待ってんかあ」

善ちゃんは軍配を手に取って、言い放った。

「この一番にて、本日の打ち止めえ」

オカンは息子の拘りをちょっと笑った。晴好雨奇、結構なお湿りである。

「なんや、雨のええ匂いするなあ」

オカンはこういう時にも、結構な風流人である。


聡ちゃんには大人の対応をした善ちゃんだが、家ではオカンに甘え放題である。

「よう拭かんと、シタタルイ（水滴が垂れる）でぇ」

「サルマタは、どこやいなあ」

「いややわあ。いつものとこやないの。自分で探して下さいな」

結局この日もウエノアーンには会えず、千早は本降りの雨となった。田んぼにとっては、まさに恵みの雨である。

霞立つ　長き春日を　子供らと
手鞠つきつつ　今日もくらしつ

八

夢にまで見たウエノアーンの棚田にたどり着いたのは、それからまた十日ほど後であった。お笑いくださるな、匍匐前進でも十五分はかからない距離である。

「ウエノアーン、よお」

ウエノアーンの棚田は代掻きの最中で、耕運機は止まっているが運転手はいない。

「チョーナンは、どこやいなあ」

善ちゃんは野球選手が登場曲を複数用意する要領で、曲をスイッチした。善ちゃんは語彙は不足だが、歌だと面白いように湧いてくる。

♪　風に逆らう　俺の気持ちを
　　知っているのか　赤いトラクター　（小林旭・赤いトラクター）

トラクターの定番であるこの歌を耳にすれば、プーンと蚊の鳴くような声で返事が返ってくるはずである。

「善平、よそみしとったらどやすど」

後藤家の平田は、今や代掻きハローの付いた大型トラクターである。河内弁が野良着を着たようなオトンが叱るのは、善ちゃんが興に乗ってハンドルを放すからである。病院嫌いの息子が怪我でもしたら、治療費も予後も大変である。

トラクターは畦道などの公道では小型特殊免許が必要である。普通自動車免許に付帯しているが、オトンも善ちゃんも免許はない。

オトンはオカンに文字を教わりながら、学科だけの小型特殊免許を取得した。家の納屋から田んぼまでを運転し、時々息子に代わる。田んぼの内なら治外法権である。

オトンは世間のルールをこれでもかという程きっちり守る。理非曲折を弁えるのは、息子に一歩も後ろ指を指させないためである。

欲を言えば息子にも免許を取らせたいが、九十点が合格ラインの筆記試験をパスするのは、ドリームジャンボ宝クジを引き当てるより難しい。後藤家には後藤家の事情がある。それはさて置き。

代掻きは田植え前の欠かせない作業である。田んぼの水漏れを防ぎ、雑草の発芽を抑え、苗の健やかな生育を図るもので、数日前に田んぼに水を入れ、藁や雑草、肥料を散布し、土を均しておく。

その大事な作業をほったらかしてどこへドロンや、ウエノアーンは家と棚田の伝書鳩のはずやと、善ちゃんの心臓はにわかに波打った。ビビリの心臓は、虫が跳ねても騒ぎ出す。

「ウエノアーンは、どこやいなあ」

善ちゃんの声が上ずった。

ウエノアーンは通天閣から一歩も出ないビリケンさんに瓜二つで、野良仕事で日に焼けた肌が黒光りな点も、ピタリ一致する。体形だけなら善ちゃんも兄たりがたく弟たりがたいが、この方は女に引けを取らない美白である。

「えらいこっちゃあ。どっこもおらんがなあ」

急な病で棚田に埋まってしもたんやないかと、ビビリの心臓は春疾風の如く揺れた。

「おーい、こっちや、こっちや」

声の主は、それ程離れた場所ではない。

「なんやあ。サイターンかいなあ」

サイターンは、斉藤勉である。

「えらい挨拶やのう。なんやとはなんや」

三人は村立小学校の同級生で、中学校も一つしかないから一緒である。ただし、善ちゃんは一つ歳上である。就学猶予を強いられたからである。

両親は家で養育する覚悟を決めたが、赤鬼さんが怒り心頭で、何度も役場に掛け合った。

「一年も待ったんや。そろそろ入れてくれんとどんならんで」

一九七九年養護学校義務化以前は、本人や保護者の意思にかかわらず、就学猶予や就学免除が普通に適応されていた。日本国憲法第二十六条「すべての国民は等しく教育を受ける権利」の侵害である。

「なんやとはなんやとは、なんやあ」

子どもの頃は親分だったサイターンは、今やどっこいどっこいの喧嘩相手である。

善ちゃんもサイターンの前では結構口が立つ。

「大きい目ん玉さらして、どこ見てけつかったんじゃ」

善ちゃんは「木を見て森を見ず」の口である。

「ワレとこへ、寄ったんやでえ」

「おらんかったかあ」

「オトンが出てきよったから、よう声かけんかったんや」

畦道にはサイターンの小型車が止まっていた。サイターンはどこへ行くにもこれである。

過員で一年早く千早簡易郵便局を退職したサイターンが、暇を持て余してやって来て、接客を疎かにしないウエノアーンが畦道に出て挨拶している図である。

律義一本やりのウエノアーンに対し、サイターンは他人の意向を気にしない太いヤツである。実家の田畑は姉夫婦が引き継ぎ、サイターンは精米した米を貰うだけである。手伝うのが条件だが、何かと理由をつけて作業をさぼる。

「百姓は、性に合わん」

サイターンは袖から手を出すのも億劫な性分である。名前は勉だが、ちっとも勤勉ではない。

「笛、持ってるかあ」

「持ってへんで」

二人な忍者のように交信し合った。善ちゃんはウエノアーンの笛の伴奏で歌いたいのである。

「田んぼに笛なんか持ってくるヤツおるか！」

サイターンは退職してしょっちゅう会うようになると、コイツら一体どうなってんやと思うことが多い。

「持ってる時も、あるで」

ウエノアーンは普通に答えた。

「そうなんけ？」

「ハチマキに、差してんや」

ウエノアーンは寝る時以外は、タオルが鉢巻代わりである。サイターンにとって、ウエノアーンもアンビリーバブルな存在である。

「そういや、学校（がっこ）の帰り、ようたて笛吹きよったな。蛇もよう出てこんような耳痛ぁなる音やったけど」

「あの笛、やさ」

ウエノアーンは事もなげに答えた。

「あんな骨董品、なんぼなんでも苔むしてるやろ」

サイターンは喉がいがいがむせて咳き込んだ。

「晩飯の後で、吹くんや」

「そんなことして、なんおもろいんや」

サイターンは聡ちゃんとそっくり同じ質問をした。

「別におもんないけどな」

「ほな、なんでや」

「さあ、なんでやろなぁ」

善ちゃんは九官鳥のように歌い出した。

♪　泣いたって　しかたないさ
　いまさらどうにも　ならない運命　　（三橋美智也・夢で逢えるさ）

「おい、ワレ、ナンカシテ（何言うて）けつかんど」

善ちゃんが歌い出すや、サイターンは罠にかかった猪の形相になった。

「耳の穴から指突っ込んで、奥歯ガタガタいわしたろかぁ」

何怒ってんやと、善ちゃんはどんぐり目を白黒させている。

「そんな根暗な歌は聞きとうないんじゃ。ちーとは前向きな歌あるやろが」

善ちゃんがこの歌を歌うには訳がある。

「善平。おもいっくそ根暗な歌、歌うてくれ」

サイターンがある時悲愴な顔でリクエストしたのがこの歌で、それは三年前の話である。サイターンは思い出すのも嫌らしい。

サイターンの高飛車は、善ちゃんを散々かばってきたという自負である。学校時代の成績は善ちゃんがケツ、ウエノアーンはケツから数番目、サイターンは仮にも中である。遠足や学校行事の時は、少しもじっとしていない善ちゃんの面倒を見てやったし、高校出てんのも、車に乗せてやってんのもワイやし、と思う。

善ちゃんは思い余って、サイターンの好きな山口百恵を選曲した。

♪　緑の中を走り抜けてく　真赤なポルシェ　（プレイバックＰａｒｔⅡ）

「百恵は好きやが、これはスカや」

「なんでやあ?」

「ワイの車が、ポルシェの訳ないやろが」

「ポルシェと、ちゃーうんかあ」

善ちゃんは軽トラ以外はみんなポルシェと思っていた。

「あれは、セレブの乗りモンじゃ」

「セレブて、なんやあ」

「ワイをなめとんけ」

サイターンは腹の虫が治まらなかったのか、にわか攻勢に出た。

「しやけど、別に品行方正がええ訳やないさけな」

「品行方正て、なんやあ」

「いちいちじゃーくさいどぉ、ワレ」

「聞かいでも、分かったンがな」

善ちゃんも口で応戦した。

「ほんまに、分かってんけ」

「分かったる言うたら、分かったるわ」

「善平、恐れ入ったで」

サイターンは駐在さんのような挙手をした。

「分かったんなら、よろしい」

善ちゃんはオカンが叱る時の口調をそっくり真似た。

「世ん中生まれ損ないはおっても、死に損ないはおらんやろ」

「分かったンがな」

「どっちゃいせみんなもれなくあの世行きや。それやったら、おもしろおかしに生きた方が、なんぼか楽しかろ」

サイターンは乳飲み子のように女が恋しいから、この愚痴が出る。

「家へ帰ってバッタンキューじゃあかんのや。血湧き肉躍ってこそ人生や。よう胸に手ぇ当てて聞いてみぃ」

「バッタンキューじゃ、あかんのかあ?」

善ちゃんは何も心配しないで寝るように躾けられている。

「世の中には、寝るよりええことが、ぎょうさんあるんじゃ」

サイターンは阿漕に笑った。

「例えて言や、女や」

「フン、フン」

「ワレ、ホンマに分かっとんけ」

「分かったンがな」

「女を、知っとんけ」

「オカン、やろが」

天地が引っ繰り返っても緘黙のウエノアーンが、げっぷのような引き笑いをした。

「オカンは、女とちゃうやろが」

「オカンは、男かあ？」

ヒキガエルが頭の鉢巻きを取って顔を隠した。

「女のようで女やない。ベンベンじゃ」

サイターンは話題をすっぽりすり替えた。

「例えて言や、ワレのアレはショーベン出すだけやろ」

「アレて、なんやあ」

「話にならんわ」

善ちゃんとウエノアーンは独身で、それを棚に上げるサイターンもいまだ独身である。三人の腐れ縁は、同じ境遇と言うこともある。

「ワレはミクロの世界にどんつくばっとるから、広い世ン中が見（め）えんのじゃ」

ミクロ効果を高めるため、サイターンは太い鎌首をもたげた。

「ミクロて、何やあ」

善ちゃんの脳みそは難解な言葉を聞くと、そうでなくても整理の付かない頭がカオスになる。カオスは、脳の洪水である。

「ミクロの反対はマクロやで」

「なんやあ。枕かいなあ」

「だアホ。なに眠たい事言うとんねん。井の中の蛙言うことや」

「それは、どういうことやあ」

善ちゃんは物想う表情になった。

「そんなこと聞いて、どうすんやさ」

「勉強やあ。世の中何でも勉強やさけなあ」

善ちゃんはオトンの口調を真似た。

サイターンにすれば、他にもっと学ぶことがあるやろと言いたいが、善ちゃんは難解な言葉に限ってピョンと飛びつく。

「わからんと、頭スッキリせんからよお」

ワレの頭は年中スッキリせんやろと言いたいが、サイターンもそこまで辛口ではない。

「あかん。口減る」

「なあ、頼むわさあ」

善ちゃんはサイターンの袖をつかんで離さない。こうなると善ちゃんはすっぽんよりしつこい。

「お願いしますわなあ」

善ちゃんは商売人のように下出に出た。

「へこへこすな、ワレはへこへこバッタか」

「バッタやない。人間やでえ」

「メンゴメンゴ。物の例えやがな」

サイターンはさすがに言い過ぎたと、謝った。

「物の例えて、なんやあ」

サイターンはこの一言で、完全にブチ切れた。

「いちいちいちいちひつこいどォ、ワレ」

サイターンは善ちゃんが掴んでいる手に力道山の空手チョップを見舞い、一目散にトンズラした。

「ざまあみやがれ」

振り返ると、善ちゃんが親の仇のように追ってくる。必死の割には鈍すぎるから、サイターンはなんだか悪さを働いた気分になった。

「善人過ぎるんは、悪の一歩手前や」

サイターンは親鸞聖人のようなため息をついた。

九

「善平のヤツ、ようもあの歌歌うてくれたもんや。あんな罰悪いことあるかれ」

ああ見えて、ヤツは侮れないのである。「子どもの頃、よう虐めてくれたなあ」と、おとぎ話のような顔でバラされる事もある。「仏の顔も三度までやでえ」と凄まれる時もある。まさかと思うが、普段はぼけかましてるだけやないやろな。

三橋美智也の「夢で逢えるさ」は、ヤツはちょっとしか歌えないが、ワイなら三番までソラで歌える。


五十五も過ぎもうすっかり諦めていた所へ、ひょいと縁談が舞い込んだ。紹介者は職場の上司で、ワイより五つ下のこのおばちゃんも独身である。まさか自分を売り込む気やないやろなと、はな（初め）はちょっと警戒した。物件がコレなら、閉店ガラガラや。

「今、暇？」

「仕事中ですけど、暇いや暇です」

田舎の郵便局は朝から晩まで追い立てられるほど忙しくない。客はぽつりぽつりで、もう一人の若い局員は宅配に出ていた。

「見合い、せえへんか？」

「見合い、でっか」

「したことないの？　その歳で」

サイターンは厳重に有刺鉄線を張り巡らせた。

「大きい声では言えまへんけど、女はあきまへんのや」

「そうは見えんけど、あっち系なん？」

「あっちでもこっちでも、おまへんけどね」

「じゃ、バイ？」

「もうよろしわ。その話」

「じゃあ、なんでよ。参考までに聞かしてよ」

アンタがなんの参考にしますねんを眼で教えたが、相手に伝わらなかった。

「女はよくどうしいから、すかんのですわ」

局長はゲラゲラ笑い出した。

「よくどうしいは女の武器やがな。これがなかったら、男にえらい目ぇに遭わされるわ」

「理屈はそうかもしれまへんけど、下品ですわ」

「アンタの口からそんな言葉出るとは、夢にも思わんかったわ」

「そら、どうも済んまへん」

「女は目ぇが肥えてるさかい、いろいろ吟味していっちゃん（一番）ええのを選ぶだけや。そら当然やろ。子どもでもわかることや。アンタはそれをよくどうしい言うか」

塗ってようす（化粧）しても塗らいでもそう変わらん局長が、ウーマンリブの活動家のような目でサイターンを睨み据えた。

「値踏みするような目ぇで人を見るんは、あきまへんで」

「アンタ、だいぶと重症やな」

「そうでしゃろか」

これまで女とうまくいった試しがない。局長の言う通りかもしれないと、サイターンは顎を一撫でした。

「女は別の生きモンや思うた方がええさかいな。そこからしか話は一歩も進まんから」

「別に進まんでもえんですわ。一人の方が気ぃ楽ですよってに」

局長は机上の書類を唾でめくりながら、話のコマも進めた。

「モーションくらい、かけたことあるんやろ」

「えらい古風な言い方でんな」

「アンタに合わしてやってんや」

「了解ですわ」

「で、見合いの話やけど」

「そら、この歳ですさかい、何べんかはしたことおますけどね」

正確には三回である。三回のうち二回はあっさり振られ、もう一回はべたべたしつこいから、こっちから断った。

「勝率は三割三分三厘、でんな」

「そら、意外やな」

「ゼロや、言うんでっか」

「それはとも角、そんな強打者がなんでヒット打てんかったのよ。三割強ならイチロー並みやで」

短大出でインテリを自認する局長は、阪神グッズに身を固めて甲子園へ日参するトラキチである。腹いっぱい食べることと甲子園通いが、目下の生きがいらしい。

「チャンスに弱いんですわ」

「見かけによらず、神経細いんやね」

「そうですねん」

「うちのダチのダチやがな」

類は友を呼ぶというから、サイターンは匙があれば迷わず投げた。

「バリバリの職業婦人や。ぎょうさん稼いでるらしいで」

「本業で」

「そら、そやろ」

「なら、よろしな」

「アンタは顔は並やけど、背ぇ高いし、山も田んぼもあるそうやから、大甘で『三高』と言えんこともない」

上から目線の局長は、やたら人にもたれかかる癖がある。重量級だから無理はないが、誰にも手すりのように寄りかかるから、「気色わるう」と逃げられたことも一度や二度ではない。

「きょうびも、そんなこと言いまんの」

　局長はミスタージャイアンツのように右手を挙げた。

「なんぼ時代は変わっても、女の条件は不滅や」

　それをよくどうしい言うんですわを、サイターンは苦い薬を飲むように飲み込んだ。

「背ぇは一八〇ありまんけど、高学歴でも高収入でもおまへんで」

「ちゃんと伝えてるよ」

「よう、言いまんな」

「あら、ほんまの事やないの」

　逆の場合は親の敵討ちのように反撃してくるのが、敵国の戦士である。

　かくいうサイターンも、家も山も田んぼも貯金もあるし、まだまだ売り手市場やと自負している。

「まあけど、今回は止しときますわ」

「なんでよ。もったいないやないの」

「気乗りせんさかい」

「歳なんぼや、思うてんのよ」

「誰の？」

「うちの歳聞いてどうすんのよ。うちに迫ってもあかんで」

「局長の友だちやったら、二十代いうことはおまへんやろ」

サイターンにすれば、一矢報いたつもりである。

「自分の歳よう考えてみぃや。二十代はなんぼ何でもよくどうしいやろ。バチ当たるで」

何度も言うが、「よくどうしい」は女に充てた浪花言葉である。

「四十チョイや」

「チョイ言うてもピンからキリまでおまんで。どんくらいチョイでんの」

女は平気でサバを読むから、油断も隙もあったものではない。

「淀川の幅位は、おまっせ」

局長は不都合な質問には乗ってこなかった。

「まあまあ別嬪や。それにあの子は頭が切れる」

「見たんでっか」

「たまに、会うてるよ」

「そら、よろしな」

局長はサイターンをジロリ睨んだ。

「アンタ、うちの話信用してへんな」

「なんででっか」

「物言いが、軽々やわ」

「そら、済まんことで」

「天王寺に、勤めてんのよ」

「天王寺の、どこでっか」

「証券会社や思うけど、詳しいは知らん」

　会うだけ会うたらええねんということで、サイターンは気が進まないまま見合いをすることにした。言っておくが、南河内人の見合いにホテルのラウンジやレストランはない。金がかかるのも嫌だし、上品な人しか来んでええみたいなあんな場所へは、千両箱を積まれても行く気はしない。

「天王寺の近鉄側の歩道橋は、どう」

　局長は入れおかい（冷飯を洗って炊き直したお粥）のような提案をした。

「そんなとこで、相手は大丈夫でっか」

「なんでやの」

「一応お見合い、でっしゃろ」

「気楽に会うたら、えんよ」

「その方が気ぃ楽ですけどね」

「今週の日曜日、午後三時や」

「えらい急でんな」

「ほな、そういうことで」

「上でっか、下でっか」

「何がよ」

「歩道橋の上か下か、聞いてんだす」

「そら、上やろ。下はしんきくさいから」

「目印は？」

「なんなら、口に赤いバラでも銜えさそか」

「カルメンじゃ、あるまいし」

「そういや、あの子ちょっとカルメンみたいなとこあるで」

不惑を越えてばったり縁談が途絶えたサイターンにとって、久々のラッキイカムカムである。口とは裏腹に、天まで舞い上がったのは言うまでもない。

「車で行かん方が、ええやろか」

「言うてもあの軽やろ。パッとせんで」

「何、着ていきましょ？」

「開襟シャツで、充分やがな」

　普段は河内弁を封印しているし、しいてあげれば犬のようなキャンキャン声である。これには不快に思う者もいるかして、迷惑そうにガン見されることがある。意識して声を落とした方がよいかもしれないと、サイターンはあれこれシミュレーションした。

十

「おっちゃんやんかぁ」

笑いをかみ殺した女の言葉に、南河内人のプライドが爆発した。

「天下御免の五十六や。おっちゃんに見えん方がおかしやろが」

こうなったら、じょうだいな（上品な）関西弁は使っていられない。

「ワイの歳、聞いてェんかったんけ」

「ワイ、てな」

「河内の男や、さけな」

「おお怖！」

「言葉遣いが汚ねぇさけ、みィ、損するわい」

サイターンは声を落とす余裕もなかったから、甲高いキャンキャン声のままだった。

「歳は、聞いたような聞かんような」

「ええ加減な女やのう」

「それ、ウチの代名詞ねんよ」

女は前にも後にもびくともしなかった。

名前は亜美（つぐみ）ちゃん。枚方の出で、歳は四十チョイらしいが、色白、小顔で、結構若く見えた。男物のような黒のシャツにタイトなグレーのパンツで、装飾品は一つもない。愛想もクソもない支度だが、サイターンは外見だけならジャストＯＫだった。

「声は若いで」

亜美ちゃんは意外な印象を口にした。

「犬の遠吠えみたいな声や、言われれんやけどな」

声を誉められたのは後にも先にも初めてで、サイターンはちょっと舞い上がった。

「背ぇも高いし、言うほどおっちゃんやないで」

「そうかぁ」

「ウチは、チビはすかんさかい」

そういう亜美ちゃんは、地面すれすれのチビだった。

「亜美ちゃんて本名か？　あんまし聞かん名ぁやなぁ」

「秋になったらシベリアから渡ってくる渡り鳥よ」

「へえー」

「アッチでは鳴くけど、日本では鳴かんらしい」

「そうなんか」

亜美ちゃんの物言いはざっくばらんすぎて、身も蓋もないではない。枚方といえば北河内で、品格から言えば南河内とどっこいどっこいである。

江戸期なら京都伏見と大坂天満八軒家を巡る淀川三十石船が盛んで、「餅喰らわんか」「ごんぼ汁喰らわんか」の「喰らわんか船」は、枚方の名物だった。

大阪と京都は今や電車で小一時間だが、当時は下りに六時間、遡航の上りは十二時間を要した。

「このクソ暑いのに、なんでスーツなん」

クールビズのお陰で、夏のスーツは姿を消している。南河内の「ヤマコハル」(晴れ着を着る)は、田舎モンの流儀に違いない。サイターンは黙るよりなかった。

「女は、おらんの？」

「おったら、見合いなんかせえへん」

「これ、見合いか」

「ちゃーうんか？」

「一期一会や」

亜美ちゃんの言葉は電報よりも簡略だった。

「経験は、豊富なん？」

亜美ちゃんはいきなりど直球で来た。

「ない事は、ないけどな」

サイターンは大いに見栄を張った。

「それとも、ない方がえんけ？」

「あほくさ。そんなんパスやがな」

「人並みには、経験済みやけどな」

「期待してるわね」

女の言いたい放題は、楽と言えば楽である。つんと澄ましてお高く留まっている女よりはうんと扱い易い。人間正直が一番である。

「どっか、行けへんか」

「そやなぁ」

「どこがええ」

「それ、女に言わすか？」

「好み、分からへんがな」

「ホテル、は？」

亜美ちゃんはサイターンの顔を覗き込んだ。

アチャーと、サイターンはこれまでの点数をすべて棒引きした。河内男は金食い虫は御免である。

「ガキの使いじゃ、あるまいし」

サイターンはまさかと思ったが尋ねてみた。

「ラブホや、ないやろな」

「そのまさかや」

「言うても、初回やで」

「それがどしたんな」

亜美ちゃんは「うちの顔になんか付いとる？」の顔である。

「合わんかったら、一回で済むやろ」

「そらま、そやけど」

亜美ちゃんに悪い虫が付いていて恐喝でもされるんやないかと、サイターンはちょっと心配になった。ぼこぼこにされたら、あの甲子園おばさんを恨むよりない。

「嫌なら、やめとこか」

「嫌やないんやけどな」

天王寺公園横のホテルのネオンはまだ点灯していないが、ここまで来れば据え膳食わぬは男の恥である。サイターンは辺りを憚りながら、亜美ちゃんに従った。

「女、知らんやん」

ホテルを出るなり、亜美ちゃんは一刀両断した。

そう言われたら身も蓋も無いが、亜美ちゃんとのアレは、昔ならばとんぼ返りの角兵衛獅子、今風なら回転ジャングルの急回しと言えば、表現としては一番ぴったたし合う。

「止めてくれぇー」

息つく暇ないサイターンは何度も失神しそうになって、終わってみれば半日ほどは使いモンにならない体になっていた。

「頼むさけ、もう一ぺんチャンスくれや」

「鍛えがい、あるやろか」

「金剛山に登って、せいだいトレーニングして来るわい」

亜美ちゃんのＯＫが出て、サイターンもこれ位の余裕が出た。

「マンタンになったら、一回タダやさかいな」

ホテルの出しなに、従業員からポイントカードが渡された。

「それまで、継続か」

「ほかの女と、来たらええがな」

「ワイは、そんなことはせえへんで」

「けぶたい（鬱陶しい）わあ」

「けど、常識や」

「ソレソレ、うちその言葉が一番好かんのよ。それパスやからね」

亜美ちゃんは幼児がバイバイをするように、「パス」を連発した。

「毒にも薬にもならん常識より、自由やろ」

「自由かて、縛りはあるわい」

「自由を縛ったら、世も末や」

亜美ちゃんはここぞとばかりエピクロス派を宣言した。

「うちは自分に正直に生きるんや」

これが本当なら、亜美ちゃんはまさにカルメンの化身であった。

十一

「待ち合わせは、ホテルの前よ」

「なんぼなんでも、味ないやろ」

「その方が合理的や。人に会うたらかなんさかい」

その割には、一等賞のテープのようにラブホのゲートを潜る亜美ちゃんであった。

亜美ちゃんはよっぽどせっかちかして、二時間かっきりで怖いものが来たようにいなくなる。変更がある場合だけ告げ、ない場合は次週日曜日午後三時である。そうこうするうち、ポイントカードがフルになった。

「当店だけの、サービスですから」

「そない恩にきせんでも、そんだけ来てやってんやからね」

暦は三か月ほど前に進んだが、九月の空はまだ夏のままである。二十一世紀の空は一体どうなっているのやら、これではまるで亜熱帯である。色褪せた開襟シャツで街行く人も、もういい加減疲弊していた。

「体ふなふなや。うたう一歩手前やで」

汗かきのサイターンは、溺れそうな程汗をかいていた。

「お茶ぐらい、飲んでこな」

サイターンは遠路はるばるやって来るから、喉も渇いている。

「自販機で、買いぃな」

「亜美ちゃんは？」

「うちは要らん」

亜美ちゃんはこれ見よがしに高級バッグを振り翳すこともないし、身に着けている物も至ってシンプルである。これで情の深い言葉でもかけてくれたら完全無欠のこつまなんきんだが、天は二物を与えないらしい。

「買わんなら、直行やで」

「ちょい、待ちぃやぁー」


亜美ちゃんはサイターンのことを「ベンちゃん」と呼んだ。名前の「勉」をもじったもので、五十男でも小躍りするほど嬉しかった。

「恋人みたいやな」

「符丁や」

「前から聞きたかったんやけどな」

「なんやの」

「亜美って名ぁ、誰が付けたんや」

「親がバードウオッチャーやった言うだけの話よ」

「何月生まれや」

「そら冬やろ。シベリアから渡ってくるんやさかい」

ＬＩＮＥもメールも聞いていないが、これだけ続いたのだから亜美ちゃんもまんざらでもないのだろうと思う反面、恋人同士なら駅まで送る位の余韻はあっていいはずである。亜美ちゃんはまるで懐かない黒猫である。気の向いた時だけ寄ってきて、後は知らん顔である。

「ビール、飲むか」

「ベンちゃんは？」

「ワイは下戸や」

「飲まん男は、パスやで」

亜美ちゃんは、二者択一でモノを言った。

「飲まん男は、おもんない」

「飲まんでも、おもろいヤツおるけどな」

サイターンは善ちゃんやウエノアーンの顔を思い浮かべた。

「飲まん男は、器がちっちゃいわ」

酒や煙草を嗜まない男は、意外性が乏しいかもしれない。

「ほな、遠慮なく」

両手で冷蔵庫から出した二缶のビールを、亜美ちゃんは早飲み競争のように飲み切った。

「どうでもええけど、もうちょっとゆっくり飲めんのけ」

「うちは味わう感覚が欠乏してんのよ」

亜美ちゃんにそう言われれば、返す言葉はない。

「ベンちゃん、早よせな超過料金やで」

サイターンは慌てて回転ジャングルにぶら下がる。回し車に跨るハムスターの気分である。

「あかん、ゲエ出そうや」

だが、人はどんな環境にもじき慣れる。人ほど融通無碍はない。生存への限りない本能である。恋愛ホルモンの洗礼を嫌と言うほど受けたアラ還男は、たちまち恋の奴隷になった。

十二

「恋愛は人生の秘鑰なり」と北村透谷は説いたが、決めた女がいる充足感は何事にも代えがたいものがあった。やっと見つけた気に入りの家具を、心の中心に納めた感覚である。ずっしり重いが、重さは感じない。口笛を吹きたい気分である。局長が気付いて、口にした。

「ちょっと痩せたん違う？」

「分かります？　ズボンがスースーですねん」

「女の目ぇは、節穴やないさかいな」

「ありゃま」

「夏バテ？」

「そうかもしれまへん。夏に弱いよってに」

「うちかて一回くらい、夏バテしたいわあ」

「食欲不振に、なりまへんの？」

「終生ない、思うわ」

野球シーズンが終わった局長は、切符を二人分購入しないと阪神電車が元を取れない体形にリバウンドしていた。

「まさか、恋寠れやないやろね」

「違う、思いますけどね」

「最近、仕事上の空やで」

「ちゃんと帳尻は合わせてますよ」

「合わんかったら首やがな。郵便局も民間になって厳しいから」

「そら、困りますわ」

「そんなことより早よ結婚しぃな。定年までにはなんとかせんとな」

「そうでんな」

局長を軽くあしらったが、本事情はそんな軽々な話ではない。

「ちィッとは待ってるモンの身ぃになってもらわんと、たまったもんやないで」

病膏肓は思案投げ首の末、一か八かの勝負に出ることにした。南河内は昔から渡世人が多く住んだ土地柄で、その血が騒いだのかもしれない。

「一ぺん、家へ来（き）いひんか」

亜美ちゃんは驚いたようにベッドの上で膝を抱えた。

「いつ見ても、可愛いげんすけやのう」

「げんすけ?」

「河内弁で膝小僧のことや」

「外国語、やね」

「きょうびの若いモンは言わんけどな。そいで、さっきの話やけどの」

「なんやの」

「そろそろ、ちゃんと話ししたいがな」

亜美ちゃんは珍しいモノでも見るように、サイターンを眺めた。

「ワイの顔に、なんか付いとるけ?」

「ビール飲み直しとうなった」

サイターンはすかさず冷蔵庫に立った。

「何缶や」

亜美ちゃんは指を一本出した。

「折角うまいこといってんのに、面倒なこと言わんといてよ」

「遊びに来いが、面倒なんか」

「それって、なんなん」

「千早は、ええとこやで」

「ど田舎、やろ」

「枚方かて、田舎やないけ」

「枚方は、京都に近いさかいな」

それがなんぼのもんじゃいと思うが、枚方人は判で押したようにそう言う。

サイターンは天王寺に来ると、「よぉこんなごみごみしたとこに住んどるな」といつも思う。何より空気が悪い。人に接触しないように歩くだけでも大変で、お茶一杯飲むにも買い物をするにも、鶏舎の鶏のように順番待ちである。しまいには、エスカレーターの立ち位置にまで注文が付く。こんな神経をすり減らす暮らしのどこがよいのか、サイターンにはさっぱり分からない。

「千早はなんもないけど、ええとこやで」

サイターンにとって、千早赤阪村を超えるユートピアはない。

「一ぺん来（き）いさ」

サイターンはもう後へは引き返せなかった。

「手打ちしよか」

亜美ちゃんが軽く鼻タッチを求めてきたから、サイターンは欣喜雀躍した。

「なんなら枚方まで、迎えに行くで」

「車、持ってんの」

「車くらい、あるわいな」

「軽トラや、ないの」

「痩せても枯れても、小型車や」

「電車にするわ」

亜美ちゃんは瞑想でもするように目を閉じた。

「電車やと、富田林か、河内長野や」

サイターンは普通電車しか止まらない南海千早赤阪口のことは、口にしなかった。

「どっちが近い」

「富田林からやと六キロ、河内長野やと九キロやな」

亜美ちゃんは小首をかしげた。

「それ、どっからの距離？」

「千早からや」

「うちが聞いてんのは、天王寺からやで」

「ほんなら、富田林や。富田林から千早までは車で十二分や」

「じゃ、富田林にする」

「特急は止まらんで。特急なら河内長野や」

「富田林にする」

「駅、ちっちゃいで」

「関係、ないがな」

「北と南の改札あるけど、南やで」

「了解」

サイターンは物事をてきぱき進める女は嫌いではない。それはしっかりモンの証拠である。

「次回は、トンダーシやな」

「とんだばやし、やろ」

「じげモンは、トンダーシ言うんや」

「もし行けんかったら、ごめんな」

亜美ちゃんは目を閉じたまま、両手を出して拝んだ。

「来れんかったら、次いつや」

「そん時は、ホンマごめん」

亜美ちゃんはサイターンの横を、風のようにすり抜けた。

十三

どこで噂を聞きつけたか、サイターンの携帯が鳴りっぱなしになった。

「もしもし、亜美ちゃん？　ワイや。今なにしてんの？」

「ワイはこいから、晩飯やがな」

「千早へ来てくれたら、せいだい（精一杯）歓待するからな」

恋をすると、漏れなく奇天烈になる。サイターンは帰宅すると、スマホで電話ごっこを始めた。子どもの頃の糸電話以来である。

一念発起して家の掃除に取り掛かったのは、言うまでもない。不精な性格でも、この時ばかりは念を入れた。

南河内の標準的な農家の間取りは、風呂とこぉやさん（便所）は裏庭である。親の代に台所側に客間を作ったが、五部屋ある部屋の仕切りはふすま一枚で、広さに不足はないがプライバシーはない。

サイターンは不自由を感じないが、都会育ちの亜美ちゃんはどうであろう。案外スッと馴染めそうな気もするし、そうでないかもしれない。亜美ちゃんの情報は皆目ゼロである。電話で問いかけても、色よい返事はなかった。

走行距離が十万キロを超えた小型自動車も、新車と見間違うほどに磨いた。車の買い替えは最初の車検の三年後かメーカー保証の五年後と喧伝されるが、モノを壊れるまで使うのは南河内人の常識で、銭金とは別である。

「確かに、窶れてもうてるなぁ」

車体に映った顔に、サイターンはしばし見入った。これじゃヤツも見間違うはずである。先日会った時は、「誰やろなあ?」と遠巻きに見ていた。

「なにぼーとしとんねん。ワイやがな」

「なんやあ。サイターンかいなあ」

「長年見てんのに、分からんかったんか」

「よその人や、思うてたんやあ」

この際、ヤツの話はどうでもよい。

おかいさんとこうこで早昼を済ませたが、喉を通った覚えはない。朝から気もそぞろで、正確には昨夜もほとんど眠っていない。

家にいても落ち着かないのでやって来たが、約束までにはまだ二時間以上ある。朝から気温は鰻上りで、富田林駅は陽炎が立つ勢いだった。今年は秋が来ないかもしれない。

これがＰＬ花火の時だったらなあと妄想が跋扈していると、フロントガラスの前を赤とんぼが二匹過った。

「幸先ええがな」

駅前に長く駐車できないが、駐車場に入れてしまうと不便なので、楠氏遺跡里程標を河内長野の方へ車を走らせた。時間まではこれを繰り返すつもりである。

戻ってくると、ロータリーを経由して一台の軽トラが駅に入ってきた。ここいらで軽トラは珍しくはないが、中から出てきたのは千早のご意見番だった。あの風貌にあのファッションであるから、目立つことこの上ない。

「見つかったら、何言われるか分からんで」

サイターンは大きい図体を、ぎりぎり助手席に傾けた。

赤鬼さんは自販機の前で小銭を落としたのか、腰をかがめて拾っている。ぎこちない動きは老人そのもので、サイターンは身内を庇う感情が生じた。

「しょうない、老人介護や」

声をかけようと何気に軽トラを覗くと、善ちゃんのオカンが乗っていた。

「ありゃま」

オカンは車酔いでもしたのか辛そうな顔で、声をかけられる雰囲気ではない。サイターンは後ろ足でバックして、車に滑り込んだ。幸い気付かれた様子はない。再び車を走らせ三十分ほどして戻ってくると、赤鬼さんの軽トラは消えていた。

一体どういうことやろと、思いを巡らす間もなかった。

「三時ジャストの電車は、あったやろか」

これまで何度も時刻表を見たのに三時を疑わなかったのは、習慣による記憶の刷り込みで、コピーの法則と言うらしい。前の電車は二時四十八分で、ほどなく入線してくる。

「ヒャー、危ないとこやったわい」

時を馳せる快適なレール音を響かせて、電車が入線してきた。亜美ちゃんは待つのも待たせるのも嫌いだからきっとこれやと、サイターンの胸はいやが上にも高鳴った。

「おや、乗っとらん」

予想に反して、待ち人は降りてはこなかった。

「おかしいのう」

そうでなくても、話は四分六である。期待はみるみる萎んで、代わりに不安が台頭した。亜美ちゃんが約束を反故にしたことはないが、何の担保にもならない。次の電車は十二分後で、不安は時限爆弾になった。

「乗っとらんがな」

サイターンは目を皿にしたが、亜美ちゃんは降りてこなかった。あまり覗くので胡散臭そうに見る女がいる。

「北改札へ、出てもうたんやろか」

サイターンは車で北出口へ向かったが、結果は同じだった。

いくら待っても、無駄であった。

「行けん時はホンマごめん」が、亜美ちゃんの答えであった。

亜美ちゃんが一度だけ饒舌だったことがある。

「これまで誰にも言うたこと、ないんやけどね」

「なら、言わんとけよ」

「気が済まんから、言うとくわ」

「なら、聞くけど」

「うち、子どもができけん体なんよ」

亜美ちゃんは業務連絡でもするように報告した。

「それ、ホンマか」

「以前結婚する予定あって、調べて貰たんよ」

「えらい念入りなことしたんやな」

「相手もそうしたからね」

「けど、そん位で結婚でけん言うことはないやろ」

「ベンちゃんは、平気なん？」

「ワイは歳も歳やし、結婚イコール子どもやないさけな」

「ベンちゃんは、優しいなぁ」

「ワイと一緒になろうな。ワイとなら、うまいことといく思うで。後四年で定年やけど、派手にせんかったら生活には困らんさけぇ、のんびりやってこや。千早はええとこいっぱいあるさけ、車であちこち連れ回したんで」

「うちの仕事は？」

「好きにしたらええけど、やめるのが一番やな」

「ベンちゃん、おおきに」

「おおきには、ＯＫか」

「考えさせてもらうわ」

「吉報、待ってるさけな」

亜美ちゃんは珍しく、ちょっと笑った。

十四

「開けて悔しき玉手箱、三×五の十八や」

間尺に合わないという河内言葉である。こんな時酒でも飲めたら憂さ晴らしができるかもしれないが、生憎一滴も飲めない。毎日何時間も費やすスマホゲームも、やってはみたが空し過ぎた。人はなぜ0か1の単純なゲームにはまるのだろうと、虚無感ばかりが去来する。いたずらにワイパーを動かしたら、焦燥が募るばかりだった。

「誰か、泣いとるで」

耳慣れない声に辺りを見回すと、誰でもない自分だった。いつものキャンキャン声とは違う、地底を這うような唸り声である。

涙は堰を切って溢れたから、ハンケチで塞ぐよりなかった。涙にはストレスを和らげるエンドルフィンが含まれるが、男が泣けば後悔ばかりである。

富田林駅を出て、あれからどこをどう巡ったか少しも覚えていない。人流が少ないとはいえ、よく運転を誤らなかったものである。

正成の軍勢のように千早城跡へ駆け登った記憶はある。千早城は楠木が少ない手勢で百日間籠城し、その間新田義貞らが鎌倉幕府を滅亡させた歴史の城である。

「いざさらば、同じく生を替て、此本懐を達せん」（太平記）

足利尊氏に敗れた正成が弟と相対死する時の言葉である。語源は「しからば」で、そうであるならばすべてを諦めるよりないとする潔い日本語である。

楠木正成は千早のヒーローで、楠公誕生地、建水分神社、楠公産湯の井戸、下赤坂城跡、上赤坂城跡、寄手塚・身方塚等、遺跡が多い。

金剛山山頂まで上がり、そこからどう下ってきたか、その記憶も定かでない。ひたすら夢遊病者のように彷徨っていたのである。

昼間とは打って変わった夜寒になった。車内にいても、開襟シャツでは肌寒い。サイターンは「アリとキリギリス」のように我が家を窺った。畦道ではカンタンやコオロギが、名残の饗宴をしている。

「タイキ、やな」

サイターンはこのまま車で夜を明かそうと覚悟を決めた。家に入ってウジウジするよりマシである。

♪　あの夢もこの夢も、みんなちりぢり　（小林千代子・涙の渡り鳥）

何かの言葉を探って、ふと懐メロが口をついた。

弱り目に祟り目だから思うのかも知れないが、善平だってなにも好き好んでではなく、憂さ晴らしで歌っているだけかもしれない。

「ヤツに限って、それはないと思うけどな」

するとそこに、耳慣れた歌声が聞こえてきた。

♪　両手を回して　帰ろ　揺れながら
　　涙の中を　たったひとりで　（三橋美智也・星屑の街）

歌が急に独り言になり、また思い出したように歌になる。

「オトンとオカンが、待っとるさけなあ」

「なんも、怖ないでえ」

Ｐｉａｇｅｔは、独語は社会的機能を持たない自己中心性言語で、社会生活が顕著になる七～八歳頃には消失すると説いたが、人はそんな単純な生き物ではない。

千早は日が暮れると提灯なしで歩けないから、暗闇が苦手な善ちゃんは悪戦苦闘していた。

「苦手の多いヤツやさけな」

善ちゃんはそれでも、文句一つ言わずに生きている。そう思うと、ヤツのことをちょっと見直したくなる。

「オジヤン、とこやな」

善ちゃんは炭鉱夫のような懐中電灯を頭に装着していた。炭鉱夫は頭を灯台のように回して、サイターンの家を照らした。

「サイターン、よお」

「おらんのかあ。誰あれもおらんのかあ」

当たり前や、ワイなら車や。

「おるなら、返事せえやあ」

灯りが点っていないので、善ちゃんは心配だったに違いない。善ちゃんは急に大声になった。

「こんな夜中に、どこ行ったんやあ」

夜中なことあるかい、まだ八時前やと、サイターンは失笑した。

「おい、善平」

サイターンはドアを開けて、善ちゃんを手招きした。

「なんやあ、おったんかいなあ」

善ちゃんは卒倒寸前の顔だった。

「ああ、びっくりしたあ」

「ワレはいっつも、びっくりやろが」

善ちゃんは過緊張である。よって、脅かすのは簡単である。

「なんか、用かいなあ」

「それはワイの台詞や。外からワイを呼んどったやないけ」

「そうやったかいなあ」

「ちょっと、車に乗れや」

「それがなあ。サイターンよお。あかんのやあ」

善ちゃんは珍しく拒否した。

「なんでやねん」

「早よ帰らな、あかんのやがなあ」

サイターンは車から降りて、善ちゃんの腕を摑んだ。

「ええから、乗れや」

善ちゃんは肉食動物に捕獲された顔になった。

「善平よ」

「なんかいなあ」

「手ぇに、何持ってんや」

善ちゃんは嵩高のビニール袋を大事に抱えていた。

「おっちゃんとこで、貰うてきたんやあ」

「えらい荷ぃ、やのう」

ビニール袋は、誰が見ても薬局の薬である。

「誰か病気なんか?」

「誰が、やあ?」

「それをワイが聞いとんや」

「病気は、おらんでえ。ピンピンしとる」

善ちゃんがきっぱり否定したので、サイターンはそれ以上尋ねなかった。赤鬼さんとオカンが同乗していた昼間の光景も浮かんでくる。

「なあ、ワレ」

「なんかいなあ」

「ワレは三橋美智也の歌、好きやろが」

「大好きやでえ」

昭和三十年代前半は三橋で明けて三橋で暮れるといわれたほど、圧倒的なレコードセールスを誇った歌手である。民謡で鍛えた郷愁の美声が、ラジオやテレビから流れなかった日はない。

「ちょびっと、歌うてくれや」

「ええでえ。まかしときいやあ」

善ちゃんの三橋美智也は、オトンとオカンの受け売りである。両親は言葉を教える代わりに、善ちゃんの好きな歌を繰り返し歌って聞かせたのである。

サイターンの頼みであるから、善ちゃんは張り切って歌い出した。

♪　夕焼け空がマッカッカ　とんびがくるりと輪を描いた　ホーイのホイ

「善平はソレ一本槍やの」

サイターンは口をへの字に曲げた。

「一本槍て、なんやあ」

「そればっかし、言うことや」

「大好きや、さけなあ」

「けど、それとはちゃうんや」

「ほな、他のを歌うさけえ、まかしときいやあ」

「耳痛いわ。ちびっとちっさい声でな」

善ちゃんは小さく胸をたたいた。

♪　大寒小寒　山からこがらしが降りて来た　（岩手の和尚さん）

サイターンは弁慶の泣き所を蹴りたくなった。

善ちゃんもさすがに気が付いた。

「怒ってんかあ」

「怒ってへんで」

「おとろし顔、してるやないけえ」

「普通や。普通以下やけどな」

「怒ってる、言うことかあ」

「つべこべ言うてんと、泣いたって仕方ないさ言う歌、歌えや」

「ああ、あれなあ。あれなら得意やでえ」

「ほな、先歌えや」

全く、孫の手にもならないヤツである。

♪ 泣いたって仕方ないさ　今更どうにもならないさだめ

善ちゃんはこの歌はここしか歌えない。テープの巻き戻しのように、繰り返すばかりである。サイターンは引き取って歌うよりなかった。歌わずには、いられなかった。

♪ 何もいわずに別れよぜ
ほんの短い間だけれど
幸せだったね　ほーれ泣くじゃない
夢を見たんじゃアないか　（夢で逢えるさ）

「夢を見たんじゃ」の所まで歌うと、後はつかえて歌えなくなった。代わりに、涙と鼻水の大洪水である。

「サイターンよお、泣いてんかあ」

善ちゃんは不思議そうに見つめている。

「泣いたら、あかんがなあ」

「もうええ、ワレは帰れ」

サイターンは注意喚起は忘れなかった。

「薬、落としたらあかんで」

サイターンは助手席のドアを開けて、善ちゃんを外へ摘み出した。

「泣いたら、あかんがなあ」

善ちゃんがドアの外から心配そうに叫んでいる。

「駐在さんに、叱られるでえ」

サイターンが窓を開けて「じゃかましい」と怒鳴ると、善ちゃんはひっくり返ってそのまま逃げた。

十五

時間の心理的長さは年齢に反比例するというのが「ジャネの法則」である。時間の長さは年少者にはより長く、年長者にはより短く感じる現象で、これでいくと、とっしょりは先がない上に今現在も猛スピードで立ち去っていく。例えは悪いが、背中に火のついたカチカチ山の狸である。のたうち回るか、心頭滅却するか、それはその人の人生である。

渡る世間は世知辛くても、千早は塵一つ変わらない。金剛山と同じ泰然自若である。村が変わらない分住民も変わらないように映るが、世の中で変わらないものは何一つない。善ちゃんだって、日進月歩である。

話がこんがらがっては困るのであるが、「星屑の町」の話である。

善ちゃんは長い間「夕焼けとんび」を帰路の歌に決めていた。夕日に向かって両手を広げていると、大空を飛んでいるようで爽快だったのである。ある日突然「星屑の町」を歌い出して、石の上にも三年である。

善ちゃんにとって、歌と振り付けは切っても切れないツレである。ネブカの歌では力量不足で、振りを加えると軽快なパフォーマンスになる。身振り手振りを交えて歌っていると、世間から別の目で見られる自分が、チャラの上にオツリが戻ってくるから不思議である。

近所の住民は「また始まったで」と日常茶飯だが、部外者には変に映るかもしれない。中には、露骨に笑うヤツもいる。

言っておくが、人に笑われてうれしいはずがない。犬猫だって、差別されたら二度と寄ってこない。

「笑うヤツは笑わしときゃえんや」

オトンが教える身過ぎ世過ぎである。

「笑われても、かめへんのかあ」

「人の道さえ外さんかったら、なんも恥ずかしない」

オトンは何があっても息子を守ると、とっくの昔に腹をくくっている。

「人の道って、なんやあ」

「正直やったら、なんも恥ずかしない言うことや」

「なんやあ、そういうことかあ」

「調子ええこと言うてるけんど、わかってんやろな」

「よう分かったンがな」

オトンの教えは絶対無比であるから、善ちゃんはそのまんま鵜ん呑みした。

♪　両手を回して　帰ろ揺れながら

両手を回しては、両手をグルグル回すのだろうと、善ちゃんは長い間そうしてきた。回すは、回す以外に考えられない。大きく回せばバタフライだし、小さく回せば縄跳びの振りである。

だが、世の中そうは問屋が卸さなかった。バタフライや縄跳びは、結構ハードである。善ちゃんだって、いつまでも若くはない。

「こんな暗うなるまでどこほっつき歩いとったんや。晩飯食わさんからの」

帰宅が遅れる息子に、オトンは当然雷を落とした。

「飯食わんかったら、死んでしまうやないけえ」

善ちゃんも家では相応の口答えをする。

「腹によおけ肉たまっとるから、三日や四日食わんでもべっちょない（心配ない）わ」

　オトンは善ちゃんの太鼓腹を嫌というほどつねった。

　善ちゃんは悩んだ挙句、雷親父に打ち明けた。

「ほうけ、そら困ったのぅ」

　オトンは息子の帰宅が遅れる事情をおぼろげながら理解した。

「けど、回す言うたら回すんやろ」

「どない回すんやあ」

「ぐるぐる回すん、ちゃうか」

「手えが、かいだるい（しんどい）んやあ」

「ゆっくり回したら、ええやろが」

「そいでも、かいだるいんやあ」

「なら、好きにせえや」

　これでは箸にも棒にも掛からないので、善ちゃんはセカンドオピニオンを求めることにした。オカンは息子のどんな悩みもないがしろにしない。

「なるほどなあ。それやったら、片方ずつ回したらどやの」

善ちゃんは両手を前に出して拒絶した。

「歌は、両手を回すやさけなあ」

「そんなら、両手の指を回したらどやの」

ホラと、オカンが両指をくるくる回すと、妙に可愛く映ったから不思議である。

「オカンよお」

「なによ」

「手えと指は、一緒かあ」

善ちゃんには善ちゃんのパフォーマンスへの拘りがある。アイデンティティという
ヤツである。

「指は手ぇの一部やわね」

「一緒かて、聞いてんやあ」

「そこんとこは、難しとこやわねえ」

善ちゃんはしばらくはオカンの教えに従った。

「そや、善平。ええ事思いついたで」

オトンは無い知恵を絞り出した。

♪　しとしとぴっちゃん　しとぴっちゃん　しとぴっちゃん
　哀しく冷たい雨すだれ　おさない心を凍てつかせ
　帰らぬ父（チャン）を待っている　ちゃんの仕事は刺客ぞな
（橋幸夫・子連れ狼）

刺客のチャンは、息子の乳母車の先に風車を付けている。オトンも二代目が来るまでは、善ちゃんを木守（木製の保育箱）に入れて田んぼに出ていたのである。

「何や知らんが、ヘンジョコンゴ（文句）言うとるわ。ヘッタ（おんぶ）したろ」

男の子育ては至ってシンプルである。善ちゃんが泣けば、オトンはそのままおぶって仕事を続けた。オトンはそれを思い出したのである。

「風車が勝手に回るさけぇ、手ぇは楽チンや。どや、ええ考えやろ」

オトンは鼻高々だった。

夕暮れの畦道でそれを見つけたのは、サイターンこと斉藤勉だった。

「善平よ。一体なんの宗教や」

善ちゃんは両手に風車を持って「星屑の町」を歌っていた。

「宗教て、なんやあ」

サイターンは話を一方的に前へ進めた。

「なんで風車なんか持ってんや」

サイターンは、そんなことするから人に笑われるんやの怒気を含んでいた。

「両手回すの、かいだるいさかいなあ」

「話の前後が、よう分からんわ」

「どういうことやあ」

「聞きたいのはワイの方や。ワレの言うてることがさっぱりちんぷんかんぷんや言うことや」

サイターンは話の糸口すら見えてこない。

「星屑の町、やがなあ」

「それがどしたんや」

「風車が、回らんのやあ」

「風がないさけな」

「困るんやがなあ」

善ちゃんは今にも泣きそうである。

「ワイの賢い頭でも、解せんな」

善ちゃんはきょとんとして、サイターンの頭頂部を背伸びで仰いだ。

「サイターンの頭は、賢いんけえ？」

善ちゃんは「賢い」にナーバスである。

「分からんけ。見ての通りや」

身振り手振りの説明で、サイターンもやっと半分ほどは理解した。息子も息子なら、それを真に受けるオトンもオトンである。

「オトンが夜なべに、作ってくれたんやあ」

オトンは精魂込めたのか、売り物にしたいような風車である。けったいなオトンやと、サイターンは思った。

「子連れ狼なら、乳母車引いて来いや」

「木守（きもり）なら、家にあるけどなあ」

「もうええ、ちゅうに」

サイターンは寝た子を起こす気はさらさらない。

「善平。帰り道は星屑の町やないんけ」

「そおやあ。忘れるとこやったわあ」

なんなら忘れたままぼーと帰ったらえんやと言いたいのを、親しい中にも礼儀ありで我慢した。

♪　両手を回して　帰ろ　揺れながら
　　涙の中を　たったひとりで

夕日に向かって風車を翳す善ちゃんは、昔懐かしい影絵のように映ったから、不思議である。

十六

サイターンと善ちゃんは家が近所で、よく顔を合わす。善ちゃんは珍しく、困った時のしわ寄せ顔だった。

「どしたんや。しけた顔して」

「恥ずかしから、誰にもよう聞けんのやあ」

「ワレにも恥ずかしこと、あんけ」

「ぎょうさん、三つほどあるでえ」

「それ、ほんまか」

人間も長く生きると、気だけは長くなる。サイターンの善ちゃんへの接し方は、以前よりも柔らかい。

「皆がワイをいちびる（からかう）やろ？」

「昔ならとも角、きょうびそんな奴おらんやろ」

「じろじろ見るヤツおんねんなあ」

視線による差別は想像以上に堪える。人をジロジロ見るのは失礼である。

「どこのどいつや」

「知らんけどなあ」

昔はサイターンも散々いじめた口である。

「ワレはそいで、悩んどんけ」

それだったらサイターンも、一肌脱がねばならない。

「恥ずかし話で、よお聞けんのやあ」

ワレにも恥ずかしことあるんけと言えば、話は一回回ってワンである。

「ワレかオレかの仲やないけ。バサッと心の中開いとまい」

「両手を回しては、どう回すんやあ」

「また、星屑の町かいな。せんだっては風車を回しとったやないんけ」

「サイターンよお」

「なんや」

「あれは、ちゃーうんやなあ」

善ちゃんが珍しく全否定したので、サイターンは「おや」と思った。

「あれは、両手回してへんからなあ」

「で、やめたんけ」

「オトンに悪りさけ、やってんやけどなあ」

人には添うてみなければ分からないように、話は聞いてみなければ分からないものである。

「風車は手えとちゃうやろ。どう考えてもちゃーうやろお？」

よくぞそこに気が付いたと、サイターンは頭を撫でてやりたくなった。

「けど、その前もいろいろやっとったやないんけ」

けったいな宗教のようなとは、サイターンもさすがに自重した。

「あれはオカンが、言うたさけなあ」

善ちゃんは積年の苦労を、ようよう語り終えた。

「教えたるさかい、ワイの言うようにせえよ」

「おせてくれるんなら、逆立ちでもなんでもするでえ」

「逆立ちはでけんやろが」

善ちゃんがやっと思案顔を解いた。

「両手をうしろへ回してみい」

サイターンが実地販売のように懇切丁寧に説明すると、善ちゃんがギャーと悲鳴を上げた。

「どないしたんや」

「手えが、痛いんやあ」

後ろに回した善ちゃんの両手は、捻じれて自由を失っていた。

「だあほ。千歳飴みたいに手えねじってどうすんや」

サイターンはぼやきながら、後ろに回って腕を振りほどいてやった。

「後ろ手や。後ろで手ぇを組むんや」

「後ろ手て、なんやあ」

「教せてほしかったら、黙ってワイの言う通りにせえ」

サイターンは親指で「めえ！」をした。

「分かったンがな」

サイターンの直接指導で、善ちゃんはやっと後ろ手を組み終えた。

「サイターンよお」

「なんやいな」

「両手回してへんでえ」

「今、手ぇをうしろへ回したやないけ」

「ええっ。ええっ。ええっ」

善ちゃんは神隠しにあった顔になった。

「手え、回したかあ？」

「天地神明にかけて、回したで」

「それ、ほんまかあ」

善ちゃんはまだ半信半疑である。

「回すいうても、いろいろあるんや」

「人生いろいろ、みたいかあ」

「そや、その口や」

善ちゃんが島倉千代子を歌いそうになったので、サイターンは慌てて口を塞いだ。説得は今や佳境である。

「みてみい」

サイターンが取り出したスマホの画面には、回すの意味が六つほど書いてある。

「六つも、あるんけえ」

三を超える数は、善ちゃんには夢のまた夢である。「まあ、聞け」と、サイターンはその一つをゆっくり読んで聞かせた。

「回すは、それまでとは対照的な位置を取らせるいう意味があるんや。その次に、「後ろに手を回す」て書いたぁる。回すは、後ろに回す言う意味があるんや。どや、分かったか」

サイターンは水戸黄門の印籠のようにスマホを掲げた。

「歌はそういう意味やさけ、もうなんも悩まんでええで」

「もう悩まんでも、ええんけえ」

そんな事で誰も悩まんわ、他に悩むことがぎょうさんあるさけなを、サイターンは封印した。

「いろいろあると、ややこしなあ」

「まあ、人生いろいろや。教えた通り、両手を後ろへ回して歌うてみぃ」

善ちゃんは言われた通り素直にやるから、教えがいはある。

「これも両手を回す、やなあ」

「太鼓判、や」

「太鼓判て、なんやあ」

「いちいちじゃあくさいど、ワレ」

「しゃあけど、これやとなんや歌いやすいなあ」

「せやろ」

善ちゃんはすぐ額に皺を寄せた。今日の善ちゃんは冴えまくっている。

「これやと、よおけ歩けんでえ」

後ろ手は紳士が舞踏会で「ごきげんよう」と廻る時の歩行で、急ぐ時の歩き方ではない。

「遅うなったら、オトンに叱られるばっかやさけなあ」

「善平。任しとけ」

サイターンも、この日ばかりは冴えまくっていた。

「家のねき（近く）へ来てから、歌うんや」

サイターンは更に更に念を押した。

「垣内のほんねきで歌うんや。それやったら、ちょびっとの間あで済むやろ」

「サイターンは賢いなあ」

善ちゃんは、感嘆符だった。

「今頃分かったんかいな」

積年の悩みを解決した善ちゃんは、開けてびっくり玉手箱の顔だった。身体から魂が抜けてしまったみたいで、気のせいか煙を被った浦島太郎ほどに老けて見えた。

「何や。まだ不足かいな」

「これ言うと、オトンにしばかれるんやけどなあ」

善ちゃんは周囲を見渡した。幸いオトンはいない。

「やっぱし、賢い方が得やなあ」

「なんでオトンに、しばかれるんや」

「損とか得とか言うたらアカン、言うんやあ」

「あのオトンが、そんなこと言うんけ」

サイターンは獅子頭をちょっとだけ見直した。

「けど、やっぱし賢い方が得やなあ。どう考えてもなあ。そおやろう?」

どう考えてもは、善ちゃんのマイブームである。

「なんもそんなことで、悩まんでええがな」

「賢こかったら、悩まんで済むやろ? どう考えてもなあ」

「そら逆や」を、サイターンはごっくんした。善ちゃんのしおれ具合が半端でなかったからである。

「頭悪いと、悩んでばっかしやあ。どう考えてもなあ」

「けど、じっき忘れるやろ」も、サイターンは当然ごっくんした。

「そいでも、こいで悩みは解決したやないけ。万々歳やがな」

善ちゃんはやっといつもの笑顔に戻った。

「おおきになあ。ほんまにおおきになあ」

善ちゃんが何度も頭を下げるので、サイターンは妙に心が沈んでしまった。

これまで気にも留めたことはなかったが、できないことが多ければ当然ストレスのはずで、それは本人が一番辛いはずである。善平は本当は、辛いのかもしれない。

「善平がなんも言わんさけ、なんもかも障害で片付けてたんやないやろか」

サイターンは自分の頭をポカポカ叩いた。

「こんな当たり前のことが、なんで何十年もわからんかったんやろ。ワイも相当アホやで」

他者の困難にもう少し優しい社会なら、障害を特別視しない大らかな社会なら、善ちゃんだってもっと気楽に生きれるはずである。

記録によれば斜頭だったらしい良寛和尚も、その苦悩を語っている。息を引き取った木村家に残された和歌である。

いかなるが　苦しきものと　問ふならば

人をへだつる　心とこたへよ

十七

「おい、にんぎゃか（にぎやか）が、帰ってきたで」

オトンはタナモト（土間にある台所）から、ふすまを開け放った病床のオカンに声をかけた。やれやれ放蕩息子が帰ってきたわいの安堵の声である。親は幾つになっても、子どものことが心配である。

「火の用心みたいに、よう聞こえてましたなあ」

「近所迷惑、やがな」

「えやないの。かいらしわ」

オカンはこのところずっと床に臥せっている。女相撲のようなオカンがみるみる痩せて、体中が針の筵らしい。

「きっと腹すかしてるんやろね」

「底抜けのくらいぬけ（大食らい）、やさけな」

「健康で、ありがたいわぁ」

「ヤツから健康のいたら（除く）、何も残らんわ」

「また、口の悪いこと言うて」

オカンは眩暈がしないように、ゆっくり起き上がった。

「ええから寝とけよ」

「息子が帰ってきたさかいな」

「これまで嫌という程世話してきたんや。病気の時くらいゆっくりしとけや」

「そう？　そんなら、お言葉に甘えて」

オカンは実は、起き上がるのも大儀なのである。

オトンは気の利いたモノは作れないから、畑で採れた野菜の煮物一辺倒である。善ちゃんは食べ物のことで文句は言わないし、言わせない。

毎日同じ物でもと、オトンは息子の好物のライスカレーを作ることにした。カレーといっても、いつもの煮物にカレー粉をまぶすだけである。

「電気釜の飯は、あんましうもないのう」

薪は腐るほどあるが、かまどの支度は大変である。

「支度でけんと、済まんわねえ」

「そんなつもりで、言うたんやないで」

元気印のオカンが病床につき、無口のオトンが饒舌になった。盆をキッショ（契機）に、タバコも止めている。

「オトン、オカン、ただいまあ」

歌とは別の蚊の鳴く声で、引き戸を開ける音がした。

「善平ちゃん、お帰りぃ」

オカンの挨拶を、オトンの大声がかき消した。

「こんな暗うなるまで、どこほっつき歩いてけつかったんや」

「オカンは、どこやあ」

「どこやぁて、寝間で寝てるがな」

善ちゃんは寝間へすっ飛んで行った。

「オカン、ただいまあ。今日も元気やったかあ」

「善平ちゃん。おかえりぃ。こんな暗うなるまで何しとったの？」

「夕焼け、見てたんやがなあ」

夕焼けは息子の定番である。

「夕焼けが赤や黄色になってなあ。キレイやったでえ」

善ちゃんは瞳をキラキラさせている。

「夕焼けは、たいがいそんなもんや」

オトンはタナモトから茶化した。

「善平ちゃん、夕日に手ぇあわせてきた幸せになるおまじないである。

これは、二代目が教えた幸せになるおまじないである。

「オカンの病気が治るようにて、三回頼んできたでぇ」

善ちゃんはそれで手間取ったのである。

「オカンよう」

「なんやの」

「夕日はどこ行って寝るんやろなあ」

「さあ、どこやろねぇ」

オカンはどんなに心が塞いでいても、息子と話しているとおとぎ話の声に変われる。

親は育てる代わりに、子どもの夢をお裾分けして貰うのかもしれない。

「オカンも、知らんのけえ」

「むつかしことは、分からんわねぇ。けど、お天気やったら明日また会えるからえやないの」

「そうやわいなあ」

　自然の美しさに心を向ける大人は、きょうび滅多にみかけない。便利・合理に慣れた二十一世紀の住人は、派手な造形物やアトラクションにばかり目を奪われ、太陽や月さえ仰がない。

「寝ててばっかしで悪いなあ。ちょっと具合悪いさかい」

「前の日も、寝とったなあ」

「よう覚えとるねえ」

「オカンのことが、心配やさけなあ」

　オカンはゆっくり寝床から起き上がった。

「おい、調子に乗って無理したらあかんど」

「違うんよ。善平ちゃんとしゃべってると、ほんまに気分ようなったんよ」

「善平が、薬代わりか」

「ほんま、そう」

　薬どころか、息子は人生の指針であった。善ちゃんを介して夫婦の絆が深まったのも、紛れもない事実である。

「オカン、今日はライスカレーやでえ」

「善平ちゃんの、大好物やわねぇ」

善ちゃんはひっそ（質素）なカレーでも、嬉しくてたまらない。

「善平ちゃん、先に手え洗うておいでぇな」

「分かったンがな」

「それから、ゴゼンサン（仏壇）にオッパンオマシ（仏前のお供え）しといてね」

「よう分かったンがな」

後藤家は朝はおかいさんで、夜に白米を炊くので、お供えは夜である。夜のご飯で翌日昼の握り飯も作っておく。アナログの後藤家でも、冷蔵庫は完備している。

「腹がクウクウ言うてんやがなあ。頼むからもう一杯食わしてえなあ」

オトンは黙って指を三本突き出す。

「仏の顔も三度までや」

善平ちゃんは真顔で一、二、三と数えた。

「よーし、ようでけた」

「これ位、朝飯前やがなあ」

「善平。夕飯前やで」

後藤家は昔ながらのちゃぶ台に、三人がぎょうぎ（正座）で座る。「いただきます」の挨拶は、自然と生命への感謝の儀式である。

障害児の子育てが平坦なはずがない。子どもの頃の善ちゃんは、親も匙を投げたくなる暴れん坊だった。多動で少しもじっとしていない。手を放すとすぐどこかへ行ってしまう。制止しようものなら、炮烙が割れたように（火が付いたように）泣き叫ぶ。食事中もよくちゃぶ台をひっくり返したものである。

「食べもんマタゲたら（またいだら）、バチあたるど」

「お願いやから、手ぇだけは上げんといて」

オトンがぶち切れると、善ちゃんはオカンの懐に逃げた。

「ワレが甘やかすさけ、あかんのじゃ」

大きい声では言えないが、息子に手を上げたことも、おしれ（押し入れ）に閉じ込めたことも、一度や二度ではない。

きょうび判で押したように叱らない子育てを推奨するが、偏重すぎる気がする。脳がダイナミックに成長する幼少期は非認知能力（忍耐力、自制心、協調性、指導力、計画性等）の大切な教育期で、子どもは自然に学ぶ面と、教えられて学ぶ面がある。「学ぶ」の語源は「真似る」である。子どものために本気で叱る親を見て、本気の子どもが育つのである。叱ってしまったら、多少おだてる、それが情の通った普通の子育てである。当然ながら、しつけと虐待は月と鼈である。

「善平ちゃんに死に水取って貰うたら、ウチは本望やさかいな」

「死に水て、なんやあ」

「善平ちゃんが覚えといてくれたら、そいでえんよ」

　善ちゃんのためなら、鬼にも蛇にもなって世間と渡り合ってきたオカンであるから、死に水くらいとってもらっても罰は当たるまい。

十八

「善平、晩飯食うたら紅白歌合戦しよか」

「ああ。ええよお」

　歌好きの善ちゃんに異存はない。紅白歌合戦は後藤家の大切な行事である。虐められて学校から戻る息子を宥めるのに、「善平、機嫌直せや」「ホーイのホイ歌おか」と始まった行事で、そこには五十年以上の歴史がある。

「オカンが調子ええ言うてるさけ、にんぎゃか（賑やか）に歌おか」

　オトンも昔はやぐらの上で音頭をとった歌自慢である。

「今日は、ワイがトップバッターやさけな」

　オトンのトップバッター志願は珍しい。

「何、歌うんやあ」

「古城にしとこかのぅ。河内音頭でもええけど、どうしよかのう」

「今日は、古城がええですなあ」

オカンは夕餉の支度を調え、ちゃぶ台の前でスタンバイしていた。

「ほな、そうしよ。善平、司会せえよ」

慎ましい夕餉の後は、お楽しみの紅白歌合戦の開幕である。

「お待たせしました。第○△回紅白歌合戦の始まりです」

「善平ちゃん、ちゃんと回数言わなあかんわよ」

オカンは紅白歌合戦の回数に拘った。

「何回、やったかいなあ」

善ちゃんは算数はからきし駄目で、オトンもうろ覚えである。オカンは歌った曲目やその日の事象を日記のように記してきた。その帳面も五十五冊になる。オカンは四桁の数字のメモを善ちゃんに示した。

「第一、九、七、四回、です。オカン、合うてるか」

「善平ちゃん、よう数言えました。第千九百七十四回です」

「ほうけぇ。もうそんなになるけぇ」

オトンは目を細めた。

善ちゃんが本家でお馴染みの「乾杯の歌」の入場行進曲を口ずさむと、オトンとオカンは手拍子で応えた。

「大変長らくお待たせしました。トップバッターはオトンの古城です。どうぞお」

「善平。もうちびっと色付けてくれやぁ」

「なんのことやあ」

「オトンを煽てよ、言うことや」

「男前で歌が上手な、三橋美智也ばりのお父ちゃんの古城です。それでは張り切ってどうぞ」

オカンがここぞと助太刀した。

♪　松風騒ぐ　丘の上
　古城よ独り　なに偲ぶ
　栄華の夢を　胸に追い
　あゝ　仰げば侘し　天守閣　（古城）

「古城」は三百万枚を売り上げた三橋美智也の代表曲で、当時の宴会では必ず歌われた名曲である。

「楠木正成の千早城を思い出すような、ええ歌でした」

オカンが善ちゃんをアシストした。

「二番手は、善平やで。何歌うんや」

「夕焼けとんび、やなあ」

「ホーイのホイ」は、言葉の遅れた善ちゃんが初めて発した言葉である。

「大変長らくお待たせしました。次は善ちゃんの夕焼けトンビです。さあ、どうぞお」

善ちゃんは長年練習してきた言葉はつかえずスイスイ出る。後藤家の紅白歌合戦は、善ちゃんの言語学習の歴史でもあった。

♪　夕焼け空が　マッカッカ
とんびがくるりと　輪を描いた
ホーイのホイ
そこから東京が　見えるかい
みえたらここまで降りて来な
火傷をせぬうち　早くこヨ　ホーイホイ　（夕焼けとんび）

昔の歌は歌詞がシンプルで、メロディが覚えやすい。日本中の誰もが、大声で太平楽に歌っていた。あの頃の日本が少し懐かしい。

「ひとつも間違えんと上手に歌えました」

オカンは息子を褒めた。

「さあ、いよいよオカンやで」

オトンは沖縄人のように指笛を鳴らすと、病み疲れたオカンの顔にパッと花が咲いた。

「そんなに応援してもらうと、歌手になった気分やわぁ」

オカンも娘の頃から歌が好きで、オトン同様レパートリーが広い。「蘇州夜曲」から「この広い野原いっぱい」まで、何でも歌う。

「ちょっとえどって（めかして）きたら、えかった（よかった）わあ」

「そのまんまで、十分やがな」

オトンはぬけぬけと惚気けた。

「大変長らくお待たせしました。皆さんお待ちかね、日本一べっぴんさんのここに幸あれです。さあ、どうぞお」

善ちゃんは名司会者宮田輝のように流暢に紹介した。

「善平、オカンだけえらい誉めるんやのう」

歌を盛り上げる前奏は、オトンの口三味線である。オカンは若い頃を思い出したのか、スカートのすそをちょいと持ち上げた。

♪ 嵐も吹けば　雨も降る
女の道よ　なぜ険し
君を頼りに　私は生きる
ここに幸あり　青い空　（大津美子・ここに幸あり）

「命の限り　呼びかける　こだまの果てに　待つは誰……」

オカンは三番まで息もつかずに歌い上げた。

「アンコール、アンコール」

「奥へ行って、ええべべ（着物）、着てこよか」

「ええぞう」

最後はオカンへのオマージュで、これは三十年ほど前から歌っている。餅つきのような合いの手は、オトンと善ちゃんの掛け合いである。

♪
（コンナベッピン　ミタコトナイ）
とかなんとかおしゃって
（イヤ　マックタク）
あなたのお口の　うまいこと
（エー）
その手は桑名の　はまぐりよ
（アラソウ）
だけど何だか　そわそわするの
（トコドッコイサ）
あらどうしましょ　どうしましょ
ほーに　ほにほにほに　浮いてきた
（ソラネ）
ほーに　ほにほにほに　浮いてきた
（神楽坂はん子・こんなベッピン見たことない）

後藤家の歌合戦は、民謡から童謡まで幅広い。その日の気分で一人何曲も歌う時があり、一曲だけの時もある。

「オカン、も一ついっとくかあ」

「今日はさすがに、もうええわね」

「さて、本日も無事ええ日でおました。歌い納めは、全員で蛍の光を合唱しましょう」

オトンの決まり文句で、善ちゃんは藤山一郎のようにタクトを振った。

♪　蛍の光　窓の雪
書読む月日　重ねつつ
何時しか年も　すぎの戸を
開けてぞ今朝は　別れ行く

歌が始まると、オカンはすぐ下をむいてしまった。うつむいて体を震わせている。

「オカン、どないしたんやあ」

親に泣かれたら、子どもはどうしてよいか分からない。

「善平ちゃん、ごめん。ごめん。こんな楽しい時に泣いたりして、お母ちゃんどうかしてたわ。もう泣かんよってに堪忍して」

「もう泣いたら、あかんでえ」

「そん代わり、善平ちゃんも泣いたらあかんのよ」

「分かってンがな」

「よーし、まいっぺん、蛍の光の歌いなおしや」

「開けてぞ今朝は」の所まで来ると、善ちゃんは食あたりでもしたように号泣した。

こうして後藤家の第千九百七十四回紅白歌合戦は、涙、涙の幕切れとなった。

ここに本居宣長の言葉があり、そのままうつす。（石上私淑言）
「むねにせまるかなしさをはらす。その時の詞は、おのづからほどよく文有りて、その声長くうたふに似たる事ある物なり。これ則ち歌のかたちなり」

十九

オカンは今日は起きていた。オカンは病気に取り込まれてしまうのをよしとしないのである。できる限り、普通の生活をしたいのである。

「寝とかんで、えんけ」

「うちの仕事、取り上げんといてよ」

オカンは姉さんかぶりで薪で飯を炊き、卵焼きとナスの漬物を添えた。鶏の世話や小屋から卵を運んでくるのは、善ちゃんの仕事である。

「善平ちゃん。ぬくぬくのご飯やで。よう噛んでおあがり」

「今日はおかいさんと、ちゃーうんかあ」

「弁当が要るさかいな」

「やったぜ、ベイビー！」

息子もこんなことを言うんやと、オカンはちょっと笑った。善ちゃんはおかいさんも好きだが、白飯は十倍好きである。

「慌てんと、ぼつぼつ食べなぁれ」

オカンにいくら注意されても、善ちゃんの早食いはなおらない。「胃い悪うなるで」の心配をよそに、今のところ善ちゃんはすこぶる快調である。

「じっき帰るさかい、寝とけよ」

オトンがオカンに声をかけた。

「ワイも連れてってえな」

「連れて行きとうても、軽トラに三人は乗れんやろ」

「オッチャンと、行くんかあ」

「ワイのツレは、あれだけじゃ」

「オッチャンと、マス釣りに行くんよ」

オカンは咳ばらいをしながら説明した。

「そんなら、うちにおるわあ」

善ちゃんは食べるのは好きだが、殺生は嫌いである。

「善平、オカンをよう手ったえよ」

「よう分かったンがな」

オトンが手土産を持って帰ったことがないから、善ちゃんは意味を解さないかもしれない。

そもそも河内人は、人にモノをねだることを嫌う。「安せえ。買うたるやないけ。なんぼでも」と店で値切ることはあっても、タダでモノを貰うつもりは毛頭ない。

今年も無事刈り取られた稲は、杭に干し終えたところである。オトンは櫓の枠組みからしてきっちり三角形である。これだと風で倒れにくい。今日は建水分（たけみくまり）神社の秋祭りで、こんな日に田んぼに出ていたら皆に笑われる。

建水分神社の歴史は古く、社伝によれば紀元前九十二年崇神天皇の時水分神が祀られたとある。祭では地車の上で「河内にわか」が披露され、多くの人出がある。外には、赤鬼さんの軽トラが待っていた。

「赤よ、握り飯、持ったさけな」

「花ちゃん。いっつももらいずてで（貰いっぱなし）、済まんなあ」

赤鬼さんが声をかけると、オカンがウッフンウッフンと咳払いしながら出てきた。

「こないだ（先日）は、おいしいしいたけおおきになあ」

「もう食うたんか」

「ぎょうさんあるから、干してんのよ」

「善平が助てくれた礼やがな」

「少しは役に立ちましたかな」

　南河内は菌床栽培が盛んだが、赤鬼さんは原木栽培を続けている。菌床は三か月だが、クヌギやコナラから菌を植え付ける原木栽培は収穫までに二年かかる。その代わり、味と香りは折り紙付きである。赤鬼さんは善ちゃんを手伝いに駆り出して、手取り足取り教えている。

「何ものうて、済まんのやけど」

「花ちゃんの握り飯は三国一やで」

　赤鬼さんはオカンの傍に寄り、彼にしては忍び声だった。

「気根かいに（気長に）養生せんとな。滋養のつくもんしっかり食うて、クイリキ（食い力）つけなあかんで」

「きっきゃない（大丈夫）、さかいな」

　オトンは乗り慣れた助手席に乗った。

「ほな、行くでぇ」

「行ってらっしゃい。お早うお帰りぃ」

　オカンと善ちゃんが見送る中、軽トラは忙しなく出発して行った。目指すは千早川マス釣り場で、話はそういうことになっている。

「善平に祭見せんで、えんけ」

「もうガキやないさけな」

子どもの頃は、祭りに連れて行くたび大泣きされた。善ちゃんは騒々しい場面では、情緒が不安定になる。慣れさせなあかんと連れて行った赤鬼さんも、苦い経験をしている。

「宮入のだんじりの最中に、ひきつけ起こしたんやさけな」

オトンも騒々しい場面は苦手である。「ワイの子ぉや。自然の中におるんが一番や」「あちこち連れ回すだけが、能やない」は、オトンの持論である。

「善平もこの頃は田ァかぜたり、トラクターに乗ったり、結構間に合うんやさ。何やな。障害があっても、ちゃんと教えりゃ、それなりに成長してくもんやな」

「当たり前や。善平は優等生や」

「そうかのう。アホにされとるだけとちゃうかのう」

「ワレは今日はえろう弱気やのう」

「どの治療してもろても、二階から目薬やさけ、しんぼ（辛抱）たまらんで」

千早川マス釣り場は金剛山国定公園の標高六〇〇メートルの所にあり、夏のことなら避暑地よりも涼しい。十月末のこの時期は、色とりどりの紅葉が見頃である。

「きっきゃない（気遣いない）時なら、ええとこやけどのう」

「お互い、いのきぃっぱなし（働いてばかり）やさけなあ」

二人は弁当持参で紅葉を眺めに来たのではない。溜まりに溜まった胸の相談である。

「オレオマエ、道々考えてたんやけど、腹割ってぶっちゃけ言うで」

オトンは赤鬼さんには満幅の信頼を寄せている。

「言うてもええけ」

「勿論やがな」

「だいぶと黄色うなってきたん、ちゃうけ」

赤鬼さんは紅葉の話をしているのでない。

「あんまし食わんようになったし、そろそろやないかと、ワイも心配してんやけどな」

二人がたまたま見た方向には、この世の物とは思えないほど綺麗に色づいた銀杏の木があった。

「何も言わんさけ、不憫やがな」

「花ちゃんは、昔からそやのう」

「人間生きてるうちは生きてんやし、死ぬ時は死ぬんやから、普通にしといてって、言うんや」

「お釈迦さんの弟子、みたいやのう」

「花子は、良寛さんや」

花ちゃんをオトンの嫁に据えたのは、この赤鬼さんである。

「ようよう嫁の来てあって、ホッとしたもんや。ワイの方はさっぱりやったけんど」

赤鬼さんの長年の習慣は夜の山歩きである。千早は昼間も安寧秩序だが、夜は明かりが少ない分本物の闇と星空が堪能できる。よくぞ千早に生まれたりと思う瞬間である。昼には持たない杖をついて、自分の山を歩き回る。樹木に手を回して佇む。地面に寝て地球の波動を聞く。そうしていると、五感が真っさらに戻ってくる。

南河内人は人がどんな生活をしようが、ワイはワイ、ワレはワレである。世に憚る悪いことさえしなければ、なんら問題はない。というより、自身が人に言えないくらい個性的である。個性で張り合う土地柄という訳。

「なぜ医者（整骨院）通いから始まって、河内長野の病院ではナガイトリ（長い事）糖尿病の治療やったんやさけな」

「あの病気は、見つけにくいらしいからのう」

「ワイが無学なもんで、はがたらしいわ」

「そう自分を責めるもんやないで」

オカンは二か月前にすい臓がんT４の診断を受けた。骨やリンパ節への転移が見られ、周囲の臓器に浸潤している状況で、余命は月単位と告げられた。

「いきなりやったから、頭ガーンやがな」

「ワイかて、そうやったで」

「みるみる悪うなってるから、こうなったら痛みだけでも楽にしたらなあかん思うてんや」

「せやのう」

「あの注射と薬で、随分楽になるらしいわ」

「緩和の注射やさけな」

「入院した方がえんやろけど、したがらんさけな」

「そら、住み慣れた家がええわいな」

治療可能の場合は入院加療だが、もしそうでない場合は、人生の最期を見知らぬ病院で迎えることはないかもしれない。

「今から思や、吐いたり、みぞおちのとこよう押さえとったわいの」

「辛抱するんも、良し悪しやのう」

「善平のことが、あるさけな」

「花ちゃんは、善平が生きがいや」

「ワイにもでけんような事、ようしてくれたわ」

二代目のおかげで、善ちゃんは障害にめげず明るく元気に育ったのである。

「河内長野の病院は、往診に来てくれんかのう」

「大きい病院やさけ、いつ行ってもナガイトリ（長く）待たされるで」

赤鬼さんは三年前から、病院の送迎を買って出ている。

「診療所の先生に、頼んだ方がええかのう」

「その方が、ええわいな」

二人の話は振り出しに戻った。

「ワレになんぼも世話してもろて、すまんこっちゃ」

「長い間のワイオレや、水臭いこと言うな」

二人同時にため息をついた。

「せやせや、握り飯でも食おか」

「なんやしらんが、腹減ったわい」

「重たい話で、済まんかったのう」

握り飯に卵焼き、ナスの漬物は、善ちゃんが食べていた朝ごはんと一緒である。

「しいたけの甘煮や」

「ワレに貰うしいたけは、高級品やで」

「うまいのう。味がようしゅみとる」

「いろいろしまつして、うまいもん作ってくれてるわ」

「善平には、何よりやのう」

二人が握り飯をほおばっている所へ、赤鬼さんのケータイが鳴った。このケータイも後藤家が恩恵を受けているアイテムである。

「サイターン、からや」

「善平に、なんかあったんかいのう」

「ほやないわ。ウエノアーンとこでもめてるらしい」

「誰とや」

「例のちゃらてん、やろ」

「ほいで」

「仲裁してくれ言うてんや。善平も行っとるらしいで」

「どういうこっちゃ」

「ワイにも、詳しいは分からんけどの」

世話焼きの赤鬼さんは、早速戦闘モードになった。

「ワレ、済まんけど、ここでちょっと待っとけよ」

赤鬼さんは車を降り、千早川マス釣り場の方へ歩いて行った。しばらくすると小走りで戻ってきた。赤鬼さんは足の不自由をものともしない。

「ナガイトリ、待たしたのう」

「ほうでもないで」

「ちーと手間どったもんやさけな」

鱒は釣り人にしか売らないと言うから、職員とちょっと揉めたのである。赤鬼さんは脇に小包を抱えていた。

「なんやいのう」

「花ちゃんの見舞いや」

「鱒か。ワイが金出すけ」

「気ぃ悪りこと言うな」

「そら、済まんかった」

「悪りけど、このまま家へ送るさけな」

いらちの赤鬼さんは、もう次のスケジュールで頭がいっぱいだった。

二十

「一体何のこのこしにうせたんや」

サイターンが威嚇しても、迫力不足は否めない。元々が強弁の男ではない。

「そんなおかしない（おかしい）話あるか。この家（や）に百万もの大金がある思うてんか」

天地が引っ繰り返っても感情を表さないこの家の主は、黙って下を向いたままである。

「百万や。百万くれたら今後一切来ん。この家と縁切るわ」

「開いた口がふさがらんて、このことや」

松原からかけつけたおとんぼの三郎も、心配そうに長兄の傍に座っている。

一人ふんぞり返っているのは次弟の二郎で、これで善ちゃんの歌う「だんご3兄弟」のそろい踏みである。

「だんご3兄弟」が流行ったのは一九九九年だが、兄弟のネーミングはそのはるか以前で、苗字も当然「串団子」ではない。

長男と三男は通天閣のビリケンさんで、次兄はキャバレーの客引きの風貌である。

ぺちゃ鼻の二人に対し、次男はとがった鷲鼻で、その分心も尖っている。

蛾も軍勢で連れてこられた同じくぺちゃ鼻は、正月のお供え餅のように座っていた。

お供え餅は揉め事が苦手である。

「善平、ちょかちょかすんなよ」

緊張するとなにをしでかすか分からないから、サイターンは太めの釘を打って置いた。

「分かったンがな」

大事な場面で「だんご3兄弟」でも歌われたら、目も当てられない。

「遺産は兄弟で三分割や。法律にもそう書いたある」

「この家に、三分割するほどのもんがある訳ないやろが。のう三郎」

サイターンはおとんぼ（末っ子）に話を振ったが、これも万に一つもモノが言えない。

「ある分の三分割や。三郎が要らんのなら二分割やで」

「まいっぺん（もういっぺん）言うてみ」

「なんやとー」と、二郎はサイターンの頭の先から胸の順にねめ回した。街のチンピラがよくする目つきである。

「なんべんも言わすな。それに見合う金言うことや。百万や」

二郎がドスをきかせると、お供え餅は棚から落ちそうになった。

「阿漕も、いよいよじゃのう」

ここで加勢しないといけないと思ったか、お供え餅が鏡開きを買って出た。

「二郎よお、そんな怒ったらあかんでえ」

「別に怒ってへんで」

二郎も、善ちゃんのことは昔から承知である。

「おっとろし顔、してるやないけえ」

「ワイは元々こんな顔や」

「ほおかあ。ほんなら、しょうないのう」

善ちゃんは丸い額に皺を寄せた。

「この始末、一体どうつけてくれるんや」

二郎は声をちょっとセーブした。

どうなることかと思ったその時、垣内の外で忙しなく停車音がした。

「かいだるう（しんどい）て、しょうないわい」

声を轟かせて入ってきた赤鬼さんは、肉食獣がテリトリーを守る表情だった。千早で赤鬼さんの言う事をきかないヤツはモグリである。

「赤よ。ちょびっと無理したのぅ」

善ちゃんのオトンの声もする。

「勝手知ったる他人の家や。遠慮のうあがらしてもらうでぇ」

二人はガサガサ音を立てて靴を脱ぎ、座敷へ上がってきた。

「なんや知らんが、ええ臭いしとるのぅ」

台所からおこわを蒸す臭いがした。

「餅かい、のう？」

「赤飯や。後で食べて貰うさけ」

ウエノアーンは「言わぬは言うに優る」男である。赤飯は弟たちの好物である。

「ハンコ屋も、来とったんか」

おとんぼの三郎は松原の印材製造会社に勤めている。松原市といえば、印材業において生産量全国トップである。

「仕事、休んだんけ」

「おっちゃん、今日は日曜や」

「ワレとこは、えらい早い孫やってのう」

三郎は五十四歳になったばかりである。

「可愛いやろ」

「そら、可愛いです」

「孫は子ぉより可愛い言うからのう。いずれにしても、これで上野家も安泰や。のう長男」

赤鬼さんは散々無視して、ここで初めて二郎を見た。

「おや、お前も来とったんけ」

二郎も村のご意見番は当然承知である。

「水分神社の祭りでも、見に来たんけ」

二郎は微妙な返事をした。

「祭りみたいな恰好、してるさけな」

二郎は黒っぽい上下スーツにレモンイエローのポケットチーフを挿していた。

「さすがに都会っ子やのう」

善ちゃんのオトンは一切口を挟まない。元々が口下手だし、ここは赤鬼さんに任せて安心である。

「ところで、ワレはきょおびどこに住んどんやいのう？」

　ご意見番は尋ね方も巧妙である。

「アマ（尼崎）です」

「しゃしゃ、そやったな。ここからやと、そう遠（とお）ないのう」

「はあ」

「それにしては、田植えにも稲刈りにもいっぺんも現れたことないのう」

　コイツは言うほど悪党ではないと、赤鬼さんは踏んでいる。

「そいでも、金せびりだけはちょいちょい来てんやのう」

「ちょいちょいでは、ありません」

　二郎はバツが悪そうに頭を掻いた。

「へこたん（的外れ）な答えすんなよ。何回かは来てるやろ」

「そら、何回かは来てますけど」

　実を言えば、三年満期の定期のように現れるのである。

「あんにゃんに、なんぼほど都合してもろたんや」

「なんぼ言うほどでも、おまへんけどね」

上野家の懐事情は精々二、三万である。

「なんぼほど、せぶった（ねだる）んや」

赤鬼さんの地声がクレッシェンドになった。

「なんぼやろ、あんにゃん」

困った二郎は、長男に下駄を預けた。ウエノアーンは貧乏ゆすりのままである。

「長男よ、言うスベ知らんのけ」

いらちは長男を急かした。

「貸したんやない」

「大きい声でしゃべらんけ。貸したんやないんけ」

「兄弟やさけな」

「なんぼほどや」

ウエノアーンは口を窄めて答えない。

「概算でええで」

「がいさんて、なんやあ」

よりによって、お供え餅が口を挟んだ。

「善平。ちょっとの間ぁでええさけ、口押さえとけ」

「こうかあ」

「そや、上手や」

赤鬼さんはお供え餅をうまく丸め込んだ。

「長男よ、ばさっと心の中開いとまい」

「やったんや」

長男はそれ以上は、口が裂けても言わなかった。日頃半分以下でしゃべる人間は、こういう時値打ちを発揮する。

「なあ、聞いたか、二郎よ」

「……」

「あんにゃんは、ワレをかぼうてんや。そん位なんぼへんじょこんご（文句たれ）でもわかるやろ」

「……」

「トトとカカが早よ死んだやさけ、あんにゃんはワレらの親代わりに一所懸命やさ」

赤鬼さんは顔まで赤鬼になった。

「こんなん言うたら悪りけど、ワレとこは千早でもそれほど広い田地やないで。しかも棚田や。言わいでも分かる思うけど、大きい重機使えんさけ普通の田ぁの倍手間かかる。そん代わり、でけたコメはうまいけどな」

「なんでか言うたら、地中深く伸びるからミネラルをよう吸収すんや。平田より日ぃよう当たるしな。そん代わりに、雨や台風には弱いがな。なんせ手入れが大変や」

赤鬼さんはひとしきり棚田の苦労話をした。

「あんにゃんは家を保つのに辛苦辛苦してるで。きょうび百姓でメシ食うてくんは難儀やさけな」

赤鬼さんの言葉は正鵠を射ている。

「そんなあんにゃんから、ワレはせぶってきたんや。なんぼか知らんけど」

「……」

「あんにゃんは、ワレに恩着せたことあるけ」

「……」

「そんなあんにゃん、きょうび日本中のどこ探してもおらんで」

「……」

「ワレはその上大枚寄越せ言うんか。ピヨピヨの癖さらして」

長男が突然口を開いた。

「二郎よ、戻ってこい」

しばらくは誰もぽかんとして口がきけなかった。

「借金あんのなら、あんにゃんと働いて返せ」

「今更百姓はでけんよ」

二郎の威勢は消えた。

「二郎よ。そないモッチャク（厄介）な話やないがな。ワレがその気ぃになりゃ、なんぼでもやり直せるわ。棚田は人手が要るさけ、戻ってあんにゃんとやり直すのもアリやで。ただし、貧乏覚悟やけどな」

赤鬼さんはここぞとばかり声援を送った。

「故郷は人間の基本や。少しも変わらん場所に立って、変わった自分を見つめ直すんや。故郷はそういうとこや。もっとガァオレた（丸い）人間にならなあかんわ」

二郎はとうとう泣き出した。

二郎があんまり泣くので、善ちゃんも「フーンせえ」とオトンに鼻水を拭ってもらう程の大泣きをした。

二十一

陰暦十月頃の晴れた暖かい日のことを小春日和と呼ぶ。この時期は空が高く空気も澄んで、温暖化が進んだ陽春よりも清々しい。

オトンの田んぼに、見慣れた軽トラが止まっていた。ご存知赤鬼さんは全身赤コーデに当節は赤マスクも加わり、これで角でもはやせば本物の赤鬼である。

「青ヨぉ。精出るのぅ」

オトンも昔は上から下まで青だった。二人で赤鬼、青鬼を気取ってやんちゃをやっていたのである。

「赤よ、風邪でも引いたんかぁ」

「なんでやぁ」

オトンは赤鬼さんの赤い綿入れを指した。

「今日は汗かく程、ぬくいでぇ」

綿入れはオカンが還暦祝いに贈ったものである。赤鬼さんはそれを長年大切に着ている。

「そんなことより、やえ、ワレはいつから高倉健になったんや。健さんにしてはちびっとこんまい（小さい）けんど」

「ちゃかすんやないわ」

オトンの田んぼの畝に竹棒が立ち、黄色の布が揺れていた。

千早でも「幸福の黄色いハンカチ」は誰もが知っている。劇場で見なくても、テレビで何度も見ている。とぼけたことを言っているが、これは赤鬼さんの発案だった。

「来たんか」

「あこに、おるわ」

色白の背の高い男が、善ちゃんの横で畔の草を刈っていた。

「どや？」

「ええ子や」

二人の会話はそれで通じた。

「稲わらのすき込みか」

「明日の天気は、どやろのう」

「オチ（下り坂）、やで」

稲わらの秋すき込みは、農家によってやり方が違う。ＪＡの技術指導も受けているが、百姓は経験上自分のやり方を持っている。

「一回目か」

「そやがな」

オトンの田んぼは稲穂が丹精に刈り取られていた。オトンはとに角仕事が丁寧である。

「畝が一・八メーターになってもうて、ロータリーは一・五やさけ、修正せんならんわ」

「善平にやらしたら、よかろうが」

「善平は、やたけた（おおざっぱ）やさけのう」

「そうきちんきちんせんでえんや。それより、教えるのが先やで」

能天気はハンドルを持つ振りで「赤いトラクター」を歌っている。

「ワイとこは、もうとっくに済ましたで」

赤鬼さんは、やたけたの口である。

「ワイは、ゆっくりやさけな」

男は子どもを持つと共感脳が充実する。オトンも善ちゃんを授かってから、宗旨替えをしたのである。それまでは、赤鬼さん以上にせっかちで喧嘩っ早かった。

「稲わらは、いつ撒くんや」

「もうちょい先や」

「そんなことしとったら、田植えに間ぁに合わんで」

「せやのう」

「石灰窒素を、混ぜといた方がええで」

「ワイはあんまし、農薬は使いとうないんやけどな」

二人の長い付き合いの間には地獄のような戦争があり、大地震や大型台風にも見舞われた。オイルショックやリーマンショックを経て、世界中が花火を上げて期待した二十一世紀に入ると、地球温暖化とコロナである。

グローバル化で安い外米が入ってくると、米農家は安定した収入を得るのが難しくなった。食生活の変化で一概には言えないが、日本の食料自給率は四十パーセントである。国はもう少し自給率を上げた方がよいと思うが、それはとも角。

十月に収穫を終えた田んぼは、すぐさま来年の準備に入る。地温が高い時にすき込みを行うのは、それだけ土壌の成熟を促すためである。

四月の田植えまでには、育苗の準備や播種、育苗の細かい作業を織り交ぜながら、藁や堆肥、肥料を施し、じっくり土づくりをする。百姓は年中暇なしである。

「善平。オトンを助（す）けな、あかんで」

「分かったンがな」

「ワレは、長男やさけな」

「よう分かったンがな」

大抵の人間はその日の気分に左右されるが、善ちゃんはそのブレが少ない。いつ声をかけても、金太郎飴のような返事が返ってくる。

「善平。隣の高倉健みたいな男前は、どこの誰やいな」

「聡さん、やがなあ」

「聡さん、いうんけ」

「隣の聡ちゃんと、ちゃうでえ」

「ヤツはまだガキやがな」

男は丁寧に頭を下げた。

「聡です。よろしくお願いします」

男は千早では見かけない垢抜けたイケメンである。

「アンタ、どこの聡やいな」

赤鬼さんは聡さんに近づいて行った。

「花子が、置いてきた子ぉや」

オトンが合図を送った。赤鬼さんはとっくに承知の助である。

「ワイより、げらいのう」

赤鬼さんが少し見上げた。

「げらい？」

「河内弁ででかい、言うことや。確か薬局やってんやなかったかいの」

「そうです」

「薬剤師か」

「はい」

「道理で、デショーのええ（育ちの良い）顔しとるわ」

聡さんは照れて笑った。

「なんぼや」

「五十七です」

「ほうけ。随分若うみえるのう」

「自分ではもうすっかりオジンですけど」

「二十歳くらいに、みえたで」

「まさかぁ」

「家族は？」

「私は独身です」

「こんな男前が、もったいないのう」

赤鬼さんは相手が迷惑がる話は深追いしない。

「けど、間違いのう、花ちゃんの子ぉや。よう似とる」

赤鬼さんは「太鼓判や」と、聡さんの背中を叩いた。

「おっちゃん、聡さんをどついたらあかんでえ」

善ちゃんが両手を広げて抗議した。善ちゃんのレジスタンスは珍しい。

「善平、太鼓判やがな」

「太鼓判て、なんやあ」

「これで絶対まちがいない、いうハンコや」

善ちゃんはこれですっかり言い包められた。

「家、どこやったかいのう」

「森小路です。店は千林ですけど」

「有名な千林商店街か」

「有名ですか？」

「有名なスーパーの一号店があるとこやろが。行ったことないけど、えろう賑やから
しいのう」

「ここからだと、ちょっとかかりますからね」

「なんせ、村から一歩も出ん性分やさけな」

「こんなええとこにおったら、他へは行けませんよ」

「ワレも、たまにはええ事言うやないけ」

　赤鬼さんは誰に対してもずけずけモノを言う。

「ワイはいらちやさけ、都会のごみごみしたとこへはよう住めんわ」

「確かに、街はストレス多（お）いですからね」

「聡さんの車に、乗せて貰たでえ」

　善ちゃんは赤鬼さんにホウレンソウをした。

「善平よ」

「なんかいなあ」

「おっちゃんの車と聡さんの車と、どっちがええ？」

善ちゃんはどんぐり目をくりくりさせた。

「そらあ、聡さんやなあ」

善ちゃんは隣の聡ちゃんと一緒で、いつでも正直である。

「よう言うのう。これまで散々乗せて貰といて」

善ちゃんは困り果てて下を向いた。

「あんにゃんよ。慣れんことしたら腰に来るで」

「ワイも、そう言うたんやけどな」

「自然の中にいると、のびのびしますねえ」

「のびのびはするけど、百姓仕事は別やさけな」

「そんなに甘いもんやないですね」

「ワレは針金にみそ塗ったような体や、さけな」

「どういう意味ですか」

「そのままや。河内弁は正直やで」

「痩せてる、言う意味ですか？」

「当たりやで。聡ちゃん」

ご意見番も、実直な聡さんが気に入った様子である。

「とっしょりは聞きたがりやさけ、根掘り葉掘り聞いて済まんかったのぅ」

「いえ、大丈夫です」

「と言うことは、善平の方がだいぶとあんにゃんやのう」

「頼りないあんにゃあなんやけどのう」

オトンが話を合わせた。

「もう、会うたんか」

「いえ、これからです」

「善平よ」

「なんかいなあ」

「聡さんと仲ようせな、あかんで」

赤鬼さんはそれだけを言い聞かせた。

「青よぅ、また来るわ」

「ああ、またのう」

そう言いながら、赤鬼さんは毎日のように顔を見せる。そして、三度に一度は、そこに聡さんがいた。

二十二

「ごめん下さい」

後藤家の玄関で声をかける男がいた。聡さんである。千早の農家に気の利いた呼び鈴やブザーはないから、聡さんは戸惑っている。長いアマエン（縁側）のある建造は、どこに声を通してよいか分からない。

「ごめん下さーい」

この村へやって来たのは初めてで、何分勝手が分からない。聡さんは戸を開けたものかどうか躊躇した。都会なら間違いなく住居侵入罪である。

「ごめん下さい」

聡さんは意を決し、引き戸を少し開けた。そこは三和土の通り庭で、裏まで続いている。左側がハンドコで、聡さんはその方にもう一度声をかけた。

「誰か、お人（客）やろか」

奥から鈴のような小声が聞こえたが、声は木霊だった。

「突然で、済みませーん」

聡さんは少し声を張った。

「どなたさんやろ。しばらくお待ちを」

しばらくすると奥の襖が開き、やつれた女が顔を覗かせた。寝間着の上から羽織を羽織った大柄な女である。聡さんは思い描いていた母のイメージとは、大分違っていた。

「突然で済みません。森小路から来た聡です」

「えっ、あなたが聡さん」

「聡です」

聡さんは丁寧にお辞儀をした。

「ほんまに、あなたが聡さん」

生母は瘧のように体を震わせた。

「でも、どうしてここに?」

「お父さんから、お手紙を頂きまして」

「うちのお父ちゃんは、うまいこと字ぃ書けまへんのやけど」

令和になり、聡さんから年賀状が届くようになっていた。「お元気ですか?」と読みやすい達筆で認めてある。筆跡は人柄を現すというが、誠実な印象である。生母はその短い文面を何度も読み返した。

次の年もその翌年も、「お元気ですか?」の一言で、そこには名状しがたい余白がある。賀状は大事にしまってあるが、一度も返事を返していない。聡さんに支障があってはいけないからである。

「病気やから会いに来て欲しいと、書いてありました」

「そうでしたか」

オトンはこの決断を悩みに悩んだに違いない。自分に言えば強く反対されるから、赤鬼さんに代筆を頼んだのであろう。

「突然の連絡で、驚かせてしまいましたね。誠に済まん事でした」

「私こそ、急に訪ねてきて済みません」

「いえ、いえ、よう来てくれはりましたなあ」

生母は見るからに穏やかそうな人である。

「随分と田舎でしょ」

「ええとこですね」

「電車で?」

「車です」

「それは、それは、ようお越しくださいました」

生母はその場にきっちり正座をした。聡さんが話を継ごうにも、手をついて頭を下げたままである。

「今生ではお会いできないと覚悟しておりましたが、お会いして謝りたいとも願うておりました」

泣いて済む話ではない。弁疏することでもない。オカンは声を整え、一意専心の詫びを入れた。

「謝って済む話ではないことは重々承知しておりますが、どうぞ堪忍してください」

聡さんは「どうぞ頭を上げてください」と頼んだ。

「周囲からいろいろ話も聞いていますし、謝っていただくことは何一つありませんから」

「そうかて、子を棄てたのはうちの罪です。うちの我儘です。親として失格です」

「私は何不自由なく幸せに育ちましたので、どうぞ安心なさってください」

「そう言うてもらえると、少しは救われますけど」

「息子はこんなに大きく育ちました。どうぞお顔を上げて見てください」

生母は言われるままに顔を覗かせた。

「ほんま随分大きいですね。うちも人のことは言えまへんのやけど」

「よく食い、よく寝ぇですから」

「けど、ちょっと痩せすぎやわね」

「こればかりは、いくら食べても太りません」

「聡さんは九月一日生まれやから、五十七になったばっかしやわねぇ」

生母の何気ない一言に、聡さんは喉を詰まらせた。生母は会えない息子の歳を、何十年も指折り数えていたのである。

「あれからもう何十年もたってしまったんやわねえ。うちにはあっという間ぁやったけど」

過ぎ去った年月と現在との狭間で、生母は途方に暮れていた。

「それより、早く布団に戻ってください」

「時の氏神さまが舞い降りてくれたんですかね。今日は随分調子えんですよ」

「連絡を頂いて、ほんまよかったです」

「ほんまにそう思うてくれはります？　迷惑やあらしませんでしたか？」

「教えて貰わんかったら、私が後悔するとこでした」

「まあまあ、立ち話もなんですから、オウエ（部屋）上がってください。汚いとこですけど」

オカンは聡さんをナカノマから座敷へ導いた。そこには仏間と床の間があった。

「お茶で、ええですかね」

「どうぞお構いなく」

「それとも、コーヒーですか」

「じゃ、お茶を頂けますか」

生母はゆっくりハンドコを下りて行った。タナモト（台所）は三和土の反対側にあるらしい。しばらくすると、年代物の急須と茶器を盆にのせて現れた。

「何もないですけど」

「ええ香りですね」

聡さんはきちんと正座をしてお茶を飲んでいる。生母はそんな聡さんを瞬きもせず見つめた。

「どうぞ、じょら組んでください」

「じょら、ですか」

「あぐらのことです」

「私はこの方が楽なんです」

聡さんの口調の穏やかさは、心が整ってる証拠である。聡さんは大切に育てられたに違いない。

「おいしいお茶ですね」

「自家製ですねんよ。庭で摘んだお茶を乾燥させて焙烙でいるんです。炒っているとええ香りでねぇ」

「お茶畑が、あるんですか？」

「茶畑言う程やないんですけど、よかったら見てみます？」

生母が座敷の戸を開けると、そこは外から見えたアマエンだった。

「きょうび縁側は珍しいですね。座ってええですか」

「玉ねぎ干してるさかい、臭いますよ」

「何ともありません。生活の匂いですから」

裏に続く広い垣内は、非の打ち所がないほど見事に整備されていた。生母は余程几帳面な性格らしい。実は聡さんも綺麗好きである。

「あれが、お茶の木です」

垣内の片隅に、剪定されたお茶の一列があった。

「お茶の木は知ってます。宇治で茶摘みしたことありますさかい」

「あこは、本場やわねぇ」

「このお茶も、負けん位おいしいですよ」

「それはどうも」

　五十年振りの親子の会話は、まあこんなものであろう。長い間温めてきた思慕だけが頼りの、手探りの会話である。

「柿の木も、あるんですね」

「善平ちゃんが、これはうちの息子なんやけど、好きなもんですから」

「善平さんとは、先ほどお会いしましたよ」

「あら、そうですか」

「田んぼに黄色いハンカチを立てて、待っててくれました」

「それ、ほんまですか」

「遠くからでも、よう見えました」

　それはきっと、祭事を大切にする赤鬼さんのアイデアに違いない。

「善平さんは、ええ人ですね」

「そうですかねえ。随分頼りないさかい」

「善人のお顔を、されています」

「聡さんにそう言うてもらえると、誰に言われるより嬉しいですけど」

オカンは喜色満面になった。

「けど、それは聡さんにも言えますよ。聡さんは人間のでけたええお顔をされています」

「そんなこと、いっぺんも言われたことないですけど」

聡さんは恐縮した。

「お父さんも、ええ方ですね」

「口下手ですけどね」

口下手のオトンが、自分に内緒で一世一代の賭けをしてくれたのである。生母は感謝の涙が瞼に盛り上がってくるのを必死で堪えた。

二十三

　二人はアマエンに並んで掛けていた。聡さんは少しリラックスしたのか、長い足を子どものようにぶらぶらさせている。

「森小路の家に、木ぃはありませんでしたか？」

「あるのは、松ですね」

「大きな御屋敷でしたもんね。もうすっかり忘れてしもてますわ」

　生母は言葉が丁寧になったり普通になったり一向定まらない。

「うちが出てきたんは聡さんが一歳半の時やから、きっとなんも覚えとらんでしょうね」

「正直、なんも覚えていません」

「そうでしょうね」

　生母の顔が束の間陰った。

「聡さんは可愛い盛りでねぇ。忘れもしません。最後にうちにバイバイしてくれたんですよ」

「バイバイ、ですか」

「聡さんはよう笑う、あんまし泣かん子でしたからねえ」

生母にとって、それは心を引き裂かれる場面だったに違いない。

口八丁手八丁の義母は、「跡継ぎは、渡しません」と譲らなかった。心根の優しい夫だったが、親の言いなりである。生母は泣く泣く婚家を後にした。昔の素封家ではよくあった話である。

「お父さんは学校行事によう来てくれましたし、私は何一つ不自由しませんでした」

聡さんは生母を心配させないよう、言葉を選んだ。

「私が五歳の時に、新しいお母さんが来ました」

「そうやったんですか」

生母は聡さんの横顔をそっと覗いた。生母なら気になるところである。

「すぐに妹が生まれました」

「そうなの」

「妹とは六つ違いですが、今も一緒に薬局をやってます」

聡さんは半世紀の事象をすべて端折った。生母は尋ねたくても、聡さんの言葉を辿るよりない。

「聡さん、ご家庭は？」

「それ言わな、あきません？」

　聡さんは頭を掻いた。

「言いとう無かったら、ええですけど」

「一度結婚しましたが、うまくいきませんでした」

「お子は？」

「ありません」

「まあ、そうでしたか」

　生母は子を守る表情になった。

「いろいろあったんでしょうね」

「そら、いろいろありました」

「それからは、お独りで？」

「正直、一人が一番気楽です」

　聡さんが笑うと、善ちゃんのように童顔になった。

「赤鬼さんが、ですね」

「赤鬼さんにも、会うたんですか?」

「目元がよう似てるて、太鼓判を貰いました」

赤鬼さんは人が喜ぶ言葉をたくさん使ってくれる人である。

「生きてると、まあこんなええこともあるんですね。うちは長年の胸のつかえがとれて、人生で一番うれしい日になりました。なんだか肩の荷ぃを全部下ろした気分です」

生母は深々と頭を下げた。

「これもみんな、聡さんのおかげです」

「私もお会いできて、ほんまよかったです」

「うちは、自分の不甲斐なさに痛み入るばかりですけど」

「ですから、それはもう止めてください」

聡さんは話を転じた。

「田舎の家は、なんや懐かしい感じがしますね」

「田舎は、お好きですか」

「都会は、人間ががんじがらめになってるみたいで、いまだに馴染めません」

「聡さんは、田舎が向いてるかもしれませんね」

「人の少ない、緑の多いとこが、好きなんです」

「田舎はゆっくり暮らせるんは、間違いないですけどね」

「それが何よりです」

「あなたには随分悪いことしたけど、私はここに嫁いで幸せでした」

「お父さんも善平さんも、ええ人ですしね」

「善平ちゃんは、なんか言うてましたか」

「善平さんと話していると、なんや知らんけど幸せな気分になりました」

「そうでしょ。不思議な子なんよ」

「誰が何と言おうと、ああいう人が善人です」

「あの子のおかげで、うちはええ人生送れました」

生母は聡さん以外のことでは、一切悔いはない。

「そいでも、小さい頃はよう苛められてねぇ」

「そうでしたか」

「泣いて帰るあの子を見ると、聡は大丈夫やろかと、随分心を痛めたものです」

「私は、そういうことはありませんでしたよ」

「そうなの？」

生母は聡さんを窺った。

「随分心配してたのよ」

虐められた善ちゃんがどれほど傷ついたか、生母が一番よく知っている。

「聡さんに甘えて、一つ言わして貰ってええですか」

「お母さんですから、何でも言うてください」

「お母さんと呼んでもらう資格はありませんけど、これだけは言わせてくださいな」

生母は一つ大きく息を吐いた。

「言い過ぎやったら、ごめんなさいね」

「なんでしょう」

「聡さんは、誰かと一緒に暮らした方がええ思いますよ」

「そうですかねぇ」

聡さんは身内の軋轢には辟易している。

「一人の人生は、つまらんですよ」

「街で暮らしていると、一人でもどうにか間に合っていくから怖いですけど」

「間に合うかもしれませんけど、人間は一人で生きていくようにはできていません」

「そうですかねえ」

「そうですよ」

「私はもう五十七ですよ」

「歳は関係ありません。その気になれば、縁はなんぼでもあります」

「その話は、またいつかゆっくりお願いします」

「いいえ」と、生母は言葉を遮った。

「聡さん。見舞いはこれでもう十分です。あなたの生活に支障があってはいけません。あなたのお陰でうちは心の重しが全部とれて、もうこれでいつあの世に行ってもえんですから」

「そんな気の弱い事言わないでください。折角お会いできたのに」

「嘘言うてもしょうありませんから言いますけど。うちはもうそう長いことはありません」

聡さんは言葉が継げなくなった。

「心配せんといてね。うちは大丈夫やから」

生母はすでに死を受容しているように、聡さんには映った。

「折角お会いできたので、別の話をしますとね」

生母はちょっとはにかんだ。

「うちは若い頃から、良寛さんの言葉が好きなんですよ」

「良寛さんはよう知りません。なんですか」

「災難にあう時節には、災難にてあうがよく候。死ぬる時節には死ぬがよく候。是はこれ、災難をのがるる妙法にて候、言うんですけどね」

「難解ですね」

「うちも若い頃は何やろ思うてたけど、この頃になってようわかるんです」

「なんや救われん気になりますけど」

「自然に逆らわんと柔軟に生きるんが一番や、言うことですかね。命も天からの授かりものですから」

聡さんは黙って聞くよりない。

「聡さんに生きているうちに会えて、うちはもうこれ以上の充分はありません」

生母は菩薩のように微笑んだ。

「聡さん。どうぞ息災で」

聡さんを送りながら、生母は幾度も掌に「感謝」と書いた。涙がふつふつ溢れても、生母は拭おうとはしなかった。

ここに、臨終の山岡鉄舟を見舞った勝海舟との会話がある。

「いよいよご臨終と聞き及んだが、ご感想は如何かな」

「現世での用事が済んだので、お先に参ることにいたす」

「さようか。ならば心静かに参られよ」

先人たちの卓越した名言である。

二十四

「オカンがなぁ」

善ちゃんの防護壁は一枚きりでとても脆い。壊れるとすぐ涙になる。

「オカンがなぁ」

「善平、なんべんおんなしこと言うんや」

サイターンは運転席から振り向いて、善ちゃんの頭を小突いた。

「痛いやないかあ」

「心配せんでも、痛ないように小突いてるわ」

「そいでも、痛かったでえ」

「赤子みたいにぎゃあぎゃあほざくな。ワレはもう還暦やど」

還暦は生まれた年の干支が一回りした本卦がえりである。だから赤いちゃんちゃんこを着て祝うのである。

「還暦い？」

善ちゃんは悲しみと新語が入り混じって、餅をつかえた顔になった。

「還暦って、なんやいなあ」

「誰でもない、ワレのことや」

「ワイが、還暦かあ」

「紅白の祝い餅、食うたやろが」

「サイターンも、かあ？」

「ワイらは、来年や」

そういえばこの頃オカンを見かけないと、サイターンは話のコマを進めた。

「オカンが、どしたんや」

「カレーみたいに、なってもうたんやあ」

「カレーみたい？」

「ライスカレー、やがなあ」

後部座席に乗っているのは善ちゃんとウエノアーンで、ウエノアーンは例によって寡黙である。

車は千早赤阪村の人口集中地の小吹台を越え、トンネルを抜けた水越峠の付近にある。海抜千メートルの高所は秋から冬への住み替えが終わり、外は身を切る冷たさである。

「カレーでも食い過ぎて、黄色うなったんちゃうけ」

サイターンは適当に相槌を打った。

「どこが、黄色いんや」

「顔、やがなあ」

「顔だけ、か?」

「体が黄いろいて、オトンが言うんやあ」

「そら、困ったのう」

「カレーの食い過ぎやろかなあ?」

「そら、ないわ」

サイターンの知識では、黄疸が出て黄色くなるのは腎臓疾患である。

「オカンは、しんどがってんか」

「背中痛いて、オトンに摩って貰うてるでえ」

「そら、心配やのう」

「骨がどないぞなってしもうたんやろかて、言うてんやあ」

「病院へは、かかったんか」

「病院？」

善ちゃんはえ？　の表情になった。

「オカンは病院にかかったんかって、聞いてんや」

「病院は、かかってへんなあ」

「なら、大したことないんちゃうけ」

「なんやあ。そういうことかいなあ」

全く、こんな能天気になりたいものである。

「ところで、善平よ」

「なんかいなあ」

「きょうびよう見かける背ぇの高い男の人は、どこの誰や？」

「聡さんやがなあ」

「どこの聡さんや」

「隣の聡ちゃんと、ちゃうでえ」

先を急ぐので、サイターンは手短に切り上げた。

「聡さんはどこの誰や」

「隣の聡ちゃんとちゃーうでえ、言うてるやろがあ」

「しまいに怒るで」

「怒ったらあかんでえ」

「じゃ、ちゃんと喋れや」

「何をやさあ」

「聡さんのことや」

「聡さんは、聡さんやろがあ」

サイターンは頭に来たから、三分ほどは無視した。

「聡さんは、ワレの親戚なんけ」

「親戚って、なんやあ」

「もうええ。聡さんはどっから来てんや」

「車で、来てるでえ」

サイターンはさらに血がのぼったから、またしばらくだんまりを決め込んだ。急いてる時に限って、頓珍漢なヤツである。

「サイターンよお。怒ってんかあ」

「怒ってへん。どんな車や」

「ごっつい車やでえ」

「乗せて貰うたんか」

「乗せて貰うたでえ」

「どこ、行ったんや？」

「河内長野の病院やあ」

サイターンはここぞと食い込んだ。

「誰が、病院へ行ったんや？」

「聡さんやあ」

「聡さんが、診て貰たんか」

「オトンもオカンも一緒に行ったんやあ。オッチャンの車はぎょうさん乗れんよってになあ」

「オトンが診て貰たんか」

「ちゃうちゃうちゃう、でえ」

ちゃうちゃうちゃうは河内弁である。いつもなら「ワレはちゃうちゃう犬か」と叱るところだが、案件は緊急を要した。

「誰が、診てもろうたんや」

「オカン、やがなあ」

「じゃあ、オカンは病院にかかったんやろが」

「今日は家で、寝てるけどなあ」

竹馬の友は、五十年来こういう会話を続けてきたのである。

サイターンは胸騒ぎがして車外に出た。小言を聞かされるのがオチだが、ここは赤鬼さんに尋ねるよりない。

「捨て子?」

サイターンの声がくぐもった。

「捨て子、ちゃうの?」

善ちゃんのオカンが継母であることはとっくに周知で、この界隈で知らないのは善ちゃんばかりである。

「善平の弟のようであり、弟でもない。ベンベンでっか」

「いちびって、どうもすんまへん」

サイターンはご意見番に叱られた模様である。

「ということは、母親の見舞いでっか?」

こらえらいこっちゃと、サイターンはウエノアーンを車外へ呼び出した。オカンは嫁ぎ先に置いてきた息子を呼ぶ位重症だったのである。

「善平、これからええとこへ連れてったるさけな」

車内に戻ったサイターンは、花火を上げた。

「どこやいなあ」

「ええから、黙ってワイについて来い」

これから行く場所は、水越峠を奈良県側に降りたところにある「祈りの滝」というパワースポットである。ここは修験者たちの修行場でもある。

「千早に、こんな場所あったんけ」

滅多に感情を表出しないウエノアーンがびっくり仰天した。

「ワイは、来たことあんやけどな」

サイターンは亜美ちゃんに振られた後も、忠犬ハチ公のように天王寺のホテルの前で待ち続けた。帰路に何度も訪ねたのである。

「善平。お参りしよ。ワイも拝んだるさかい」

「まんまいさんかあ」

「ワイも、拝むさかいな」

ウエノアーンも頭の鉢巻きを取った。

「なんて、拝むんやあ」

「そら、オカンの病気が治るようにや。真剣に拝まな治らんで」

「オカンの病気は、治るんかあ」

「治るに決まっとる」

サイターンは言葉に力を込めた。

「オカンは治るんかあ」

心が一色の善ちゃんは、喜色満面になった。

「オカンは、治るんやなあ」

「ご利益無うなるわ。黙って拝め」

「ご利益て、なんやあ」

「じゃかましい」

善ちゃんはサイターンに思い切り叱られた。

二十五

オカンが精魂尽きて寝込んで、一週間が過ぎた。上空を黒い寒雲が覆う千早の霜月は、すでに真冬の様相である。

善ちゃんはめそめそ泣いてばかりなので、オトンはサイターンにお守りを頼んだ。

「ええで。まかしとき」

サイターンは気ぃよく引き受けてくれた。

「善平。行きたいとこあるけぇ」

善ちゃんは電気が消えたようにおとなしい。食欲だけは相変わらずらしいが、ぶつぶつ独り言を言ったり、両耳を押さえてばかりで、これは抑圧感情が最たる時の状況である。

「善平。『上を向いて歩こう』歌えや。あれ聞きたいわ」

サイターンが誘っても、善ちゃんは歌を忘れたカナリヤだった。

「どこへでも連れてったるさけ言え。言わんかったら連れてかんで」

善ちゃんは遮断した両耳を半分開けた。

「言うても、ええのけえ」

「ワレオレの仲や、遠慮いらんがな」

「祈りの滝、やあ」

「アチャー。そこは、さきおととい（一昨日）連れてったやろが」

「そいでも、行くんやあ」

「あすこは、さぶい（寒い）でえ」

サイターンは暑さ寒さ、ついでに雨や雪も、大嫌いである。

「行くんやあ。まんまいさんやあ」

善ちゃんはジャンヌダルクのように一意専心だった。

「善平は、困ったさんやのう」

サイターンは仕方なく車を東へ走らせた。


聡さんも見舞いを早々に、善ちゃんを外へ連れ出す。自分がいると生母が気を遣うので、その方が良いのである。

「善平さん。どこへ行きましょう？」

「祈りの滝、やあ」

善ちゃんはサイターンに甘えるような訳にはいかない。うんと小声だった。

「祈りの滝、ですか？」

聡さんは場所を知らなかったので、出くわしたサイターンに尋ねた。

「善平はここんとこ、お百度や」

「そうなんですか」

「ここにおってもなんも手ったえんさけ、ワイも付いてってったるわ」

「実は、私もそうなんですよ」

「なんぼ血のつながった親子でも、長いこと離れとったらなあ。というより、初対面に近い感覚なんやろ？」

「一歳半ですから、正直なにも覚えていません。なんもかも手探りです」

聡さんとサイターンは、すぐに意気投合した。大柄で目線が一致するのも好都合らしい。

「照れ、ですかね」

「いやー、もうチョイ複雑やろ」

聡さんはどうにも複雑らしい。念願の再会を果たしたものの、失われた時を埋めるのは、並大抵ではない。

「現実というより、まだ頭の中なんですよ」

「無理ないわな。時が立ちすぎてるわ」

「お会いしたところで、止めておけばよかったのかもしれません」

聡さんも目下「困ったさん」らしい。

「言い過ぎました。ごめんなさい」

「オレオマエの仲や。言うだけ言うてさっぱりしたらええがな」

聡さんが時を埋めようにも、残された時間は少ない。

「善平はガキやったさけぇ、オカンにはじき懐いたけどな」

サイターンは別のことが気になった。

「それより、聡さんよ」

「何ですか」

「しょっちゅうこっちに来てて、仕事はえんけ」

「目下は開店休業中です」

「そいで、店回ってくんけ」

「妹や従業員がいますから、大丈夫です」

「そこらも、複雑やないんけ」

「私は家を出れば済む話なんですよ」

「長男が家出るんは、問題やろが」

「いろいろありますからね」

「ぶっちゃけいわして貰て、ええか」

「勿論です」

「大型のドラッグストアに押されてんやないんけ？　きょおびどこもそうらしいから」

「それもありますけど、妹の息子が薬学部に在学中なんです」

「聡さんが引くこと、ないやろが」

「両親が揉めるのは、辛いですから」

聡さんの味方だった祖母は、もうこの世にいない。

サイターンは聡さんを取り巻く事情を、千パー理解した。

不精なサイターンは雨が降るとやって来ないが、聡さんは小まめにやって来る。善ちゃんが「行きたい」と言えば、傘をさしての滝行となる。

「善平さん」

「なんやいなあ」

傘をさして滝を眺める二人は、これが子連れ同士の再婚なら、当然兄弟である。

「ここは、修行僧が修行をする所ですってよ」

「修行て、なんやあ」

善ちゃんはこれまで見たことのない真顔だった。

「滝の中に入って、お祈りするんですよ」

「滝の中へ、入るのかあ」

「そうです」

「服のまま、かあ」

「お祈り用の白い服、ですけどね」

聡さんは何気に話したつもりが、善ちゃんは針穴の躊躇もなく、傘を捨てて滝に飛び込んだ。

飛び込んではみたものの、善ちゃんは金づちで水が怖い。逃げまいと必死である。

「この人の純粋さは、一体どこから来るのだろう！」

聡さんは心の震えが止まらなくなった。心が洗われるとはこのことである。それに引き換え、自分はどれほど疑心暗鬼の人生を送ってきたことか。

「善平さーん」

聡さんも、傘を捨てた。聡さんにすれば清水の舞台から飛び降りる心境だった。

「一緒にお祈りしますから」

背高の聡さんに支えられると、善ちゃんの軸足が安定した。

「善平さん、寒ないですか？」

滝の水は飛び上がるほど冷たかったから、聡さんは正直に伝えた。

「寒ないでぇ」

「私は結構寒いですけど」

「いっこも、寒ないでぇ」

「善平さんは、強いですねぇ」

「ゴジラより、強いでぇ」

「モスラは、どうですか」

善ちゃんが歌い出した。

♪　モスラヤ　モスラ

ドゥンガン　カサクヤン　インドゥムウ　（ザ・ピーナッツ・モスラの歌）

「ちびたいから、上がろか」

善ちゃんは歌って気が済んだのか、自分から申し出た。

「そうしましょう。お祈りも済ましたことやし」

善ちゃんの純朴さには敵わないと、聡さんは感じた。

二人はいつの間にか手をつないでいた。二人の間には共感のようなものが通い合っていた。

二十六

「一体どないしたんや。二人ともずぶぬれやないけ」

　聡さんは「済みませんでした」と頭を下げた。

「善平さんが、祈りの滝でお祈りしてくれたんです。私の不注意です」

　事情は一目瞭然である。声を聞きつけたオカンも飛んできて、夫婦は一緒になって泣いている。

「お父ちゃん、善平ちゃんを早よ着替えさせてあげて」

　オカンはオトンを急かした。

「今日ばっかしは手ったってあげてね」

「それから、聡さんも着替えなあかん。聡さんの方がずぶずぶやないの」

　オカンは重病人とは思えない動きで部屋を行き来し、素早く手拭いを渡した。

「お父ちゃんも善平ちゃんも小柄やから、しばらくうちの寝巻で我慢しといてね」

　オカンは急いでサイターンに電話をかけ、「セキマデ（大至急）で」と頼んだ。聡さんの着替えを借りる算段らしい。

「聡さん、なに愚図愚図してんのよ。早う上がって暖とらんかいな。奥の部屋にストーブあるさかい。よう拭いてね。すぐ着替えが来るさかい」

「濡れてますけど」

「そのままでかまんのよ」

オカンは急き立てるように聡さんを奥へ導き、自分でガスストーブを着火した。

「ビニール袋かなんか、貸してください」

「なんでよ」

「畳、濡れますんで」

「そのままで、かめへん言うてるでしょ」

オカンは聡さんを叱りつけた。

「分かったンがな。よう分かったンがな」

オカンの権幕に、オトンは善ちゃんを真似る余裕が出た。


着替えが済んだ善ちゃんを、「寒かったやろ。さあおいで」と、オカンは病間へ連れて行った。

「善ちゃん、ええからここにお座り。ようあったまらな風邪引くよ」

「分かったンがな」

　善ちゃんはきちんと正座をした。

「もうあんな無茶したらあかんよ」

「よう、分かったんがな」

　オカンは息子に大事な話をしておく必要があった。

「善平ちゃん。よう聞きぃや。お母ちゃんいっぺんしか言わんさかいに」

「なんかいなあ」

　善ちゃんはオカンの顔を覗き込んだ。

「お母ちゃんの病気は、もうどないしても治らんのよ」

「分かったンがな」

　善ちゃんはそれだけで泣きそうになった。

「善平ちゃん、お願いやから、泣かんと聞いてね」

「泣いたらあかんのかあ」

「善平ちゃんが泣いたら、お母ちゃんかて泣きとうなるでしょ。悲しいのはイヤやわ」

「分かったンがな」

「よう分かったンがな」

「分かってる、言うたら分かったるわ」

善ちゃんは三度も男気を見せた。

「お母ちゃんは、じき死んでしまうからね」

「死んでしまうんかあ」

「動物かて、花かて、みーんな死ぬでしょ。あれとおんなじよ。しょうがないんよ」

オカンは昔話でも語る口調だった。

「怖ないんかあ」

「そら、ちょっとは怖いけどね……」

未知のことは、お釈迦様だって怖かったはずである。

「お母ちゃんの体はもう随分長いこと頑張ってくれたから、そろそろ休ませてあげんとね」

「お休みするんかあ」

「ハイご苦労さん、言うてな」

オカンはにっこり笑った。

「人は誰も、いつかはこの世の卒業式を迎えるの。卒業式は分かるやろ」

「分かるよう」

「人生よう頑張りましたて、卒業証書を貰うんよ」

「よう分かったンがな」

「卒業式はみんなに感謝するもんやと、お母ちゃん思うんやわ」

オカンは息子をしみじみ見た。

「善平ちゃんと暮らせて、お母ちゃんホンマ幸せやったわぁ」

「そうやよなあ」

この息子と暮らせた人生は間違いなく百点満点だった。そう思うと、死の不安は和らぎ、満足が勝る。

「善平ちゃん。ほんまナガイトリおおきになあ」

オカンは万感の思いを込めて頭を下げた。

「おおきになあ」

善ちゃんもオウム返しで頭を下げた。

「お母ちゃんはみんなに感謝して逝くんやから、善平ちゃんも泣かんと送ってね」

「分かったンがな」

「お母ちゃんがいのうなっても、善平ちゃんはうんと強う生きなあかんのよ」

「分かったンがな」

「お母ちゃんの願いやから、この約束は守ってね」

「よう分かったンがな」

「ほんまにぃ？」

「分かったる言うたら、分かったるわ」

「そら、頼もしなあ」

「ずっと気になっていた聡さんとも会うことができて、お母ちゃんはもうなんも思い残すことなんもないわ。もう充分やわ」

善ちゃんに向けたオカンの笑顔は、最後の舞台をはねた千両役者のようだった。

ふすま一枚隣室の聡さんは、涙が溢れて止まらなくなった。この家の人たちと接するようになって、涙は自然と溢れてくる。理屈で物事を処理してきた聡さんの大きな変化である。

オトンは黙って口をつぐむばかりで、沈黙もまた悲哀哉。

外ではふわふわ雪虫が舞い、千早は冬の足音ばかり。

形見とて　何を残さん
春は花　夏ほととぎす　秋はもみぢ葉

二十七

外からゴオゴオ風の音がする。

「風がでてきましたねえ」

「きこえてるか」

「よう聞こえてますよ」

「もうよさり（夜分）やさけな」

「もう、そんなに」

オカンの衰えた姿を除いては、いつもの夫婦の会話である。

「さむないけ」

善ちゃんと聡さん、赤鬼さんとサイターンとウエノアーンも傍にいる。

数時間前から、下顎呼吸が始まっていた。これは生命が着地状態に入った時の兆候である。大抵の場合は意識が混濁するが、オカンは話しかけに応じていた。

「点滴外して、ほしいんやけど」

オカンがオトンに目で伝えた。

「ええんですかね」

オトンが老医者に尋ねた。

「ああ、ええですよ」

昇圧剤は臨終時の生理現象を防ぐ意味もあるが、この世との別れは、安楽が一番である。老医師はゆっくり点滴を外した。

「これで、ええですかね」

「ありがとう」

オカンは消え入るような声で礼を言った。

「もう逝くね」

「ああ」

夫婦は最期の会話を目で交わした。

「ありがとう。みなさん、ナガイトリ……」

オカンの言葉が途切れた。

点滴を外してしばらくすると、眼が半開きになり、その時にはもう息をしていなかった。いつ息を止めたかわからない静かな死だった。

「ご臨終です」

老医師が短く告げた。

臨終の際にはドーパミンやエンドルフィンが分泌され、苦痛よりも恍惚状態であることがわかってきた。オカンが穏やかに旅立ってくれたなら、それ以上の幸いはない。人は生まれてくる時も、光のように恍惚かもしれない。人はこの世に夢のようにやって来て、夢のように去っていく生き物なのかもしれない。

「オカンは、死んでしもたで」

オトンが息子にそっと声をかけた。オトンは厳粛な死を看取り、毅然とした表情である。

「死んだんかあ」

泣かないと約束しても、泣いて騒ぐのは善ちゃんばかりである。

「死んだんかあ、オカンは死んだんかあ」

聡さんが、後ろからそっと抱き留めた。

「善平さん。約束したでしょ。お母さんを静かにお送りしましょう」

あとの者は、息を殺している。

「分かったんがな」

善ちゃんはじき泣き止んだ。

「聡さん、見てみい」

オトンが聡さんを手招きした。

「よう見ときや。これが聡さんのオカンやった時の顔や。聡さんは思い出が少ないさけぇ、この顔忘れたらあかんで」

人は大地に着地をした瞬間、みるみる子どもの昔に戻っていく。懐かしい父母のもとに向かうためかもしれない。

「おかあさん」

呼ぶのが遅かったと悔いながら、聡さんは何度も何度も呼び掛けた。周囲の者は、涙を堪えるのに必死である。

コロナで家族葬を余儀なくされたから、傘餅もつかなかった。聡さんはハンケチを手放せずにいたが、善ちゃんは孤児のようにひっそり棺の傍にいた。

葬儀が済んで誰もいなくなると、善ちゃんは、突然声を上げた。

「オカンが居らんと、寂しいてたまらんわあ」

「戻ってこれんのなら、ワイも連れてってえなあ」

「頼むさけえ、よお」

善ちゃんは三日三晩叫び続けた。それは、世界中の孤独を一身に背負った深い慟哭だった。

二十八

曇った空に畝のような層積雲が広がっている。早いもので、あと十日足らずで正月である。

「青よ、せぇ落とすな（落胆するな）よ」

初七日を済ませ、後藤家は少し落ち着きを取り戻したところである。

「善平が、電気釜で飯炊いたんやいな」

オトンは赤鬼さんに報告した。

「真っ先に仏壇に供えてな。ああいうとこは、ちゃんとしてんやがな」

「飯炊きを、覚えさせたんか」

「ちょっと前から、仕込んでんや」

「飯さえ炊けたら、独りでも生きていけるのう」

「そんな簡単やないけどな」

「まあ、一歩ずつやさ」

「オカンはどこ行ったて、毎日聞くんやいの」

「不憫やが、これぱっかしはしょうないのう」

人間卒寿前にもなると、酸いも甘いも、喜びも悲しみも、同じ感覚でとらえるようになる。

「何や、土の臭いがするのぅ」

暦は冬に入ったばかりだが、年寄りにはその先も映る。土の臭いは、新しい春の芽吹きである。

「冬の次は、また春や」

「せやのう」

「人生長いようで、あっという間ぁや」

「ほんま、せやのう」

農閑期の今は、オカンが丹精してきた垣内の手入れが主である。南河内には「野辺は男で、垣内は女、垣内荒らしは男にさすな」の定言があるが、垣内を丹精にした主は、もうこの世にいない。

「今日も、来とるんやのう」

「せやがな」

聞かれて悪い話ではないが、二人は少し声を潜めた。冬野菜を仲良くもいでいるのは、善ちゃんと聡さんである。

「聡さんが農業おせてくれ、言うんやけどな」

「そらまた、なんでや」

「一からやり直したい、言うんや」

「百姓は甘いもんやないけどのう」

「近くで薬剤師の仕事でも見つけて、休日から始めたい言うんや」

「それやったら、堅実やいな」

「ここいらで、薬剤師の仕事はあるかいのう」

「実家の方は、ええのんか？」

「聡さんも、苦労したらしいわ」

親しく年月を重ねた友は、思わず顔を見合わせた。

「親の住んだとこで、暮らしたいんかのう」

「善平の傍で暮らしたい、言うんやがな」

「それやったら、願ってもないことやないけ」

「親子二代で甘えるようで、気ぃが引けるんやけどのう。善平が大事な身内や、言うんや」

「花ちゃんの子ぉやのう」

オトンと赤鬼さんは、垣内の向こうの雲に覆われた低い空を陶然と眺めている。いまにも風花が舞いそうな空である。

「それやったら、仕込んでやったらどうや。きょうびテレビで移住の話ようしとるで」

「ほうなんけ」

「田舎で出直したい言うの、多（お）いみたいやさけな」

日本全国の空家の数は膨大である。国は田舎へのYターン政策をもっと進めたらいかがであろう。都市への集中は、人にもモノにも弊害が多い。

「ワイも歳やし、いつまで教えられるかのう」

「ワレがあかんようになったら、ワイが教えたるわい」

「ワレはワイより年上や」

「ヤツは人がええさけ、じっき馴染むわ」

赤鬼さんも聡さんなら太鼓判である。

「おや、また吸い始めたんか」

「とげっぽ（煙草盆）捨ててしもて、不便やがな」

「ワレは器用やから、なんぼでも作れるがな」

オトンは一念発起して止めた煙草をまた吸い始めた。口では言わないが、寂寥の淵に違いない。オトンは鼻からゆっくり煙を吐いた。

「家探してくれ言うんやけど、どないしたもんかのう」

「それやったら、一緒に住んだらどないや」

「不便な家やが、聡さんさえよかったらそいでもえんやけどの」

「その話、ワイに任せてくれんか。聡さんが勧めるとこも、たんねてみるさかい」

「そら、頼みたいとこやさ」

「ワイにまかいッとき」

赤鬼さんは村中に広いネットワークがある。

聡さんが善ちゃんに話しかけている。

「これ枇杷の花、ですよね」

「枇杷の木、かいなあ」

「善平が毎年食うてるがな」

　オトンはゆっくり傍に寄って、話に加わった。

　枇杷の木に白っぽい小花がたくさんついていて、近くに寄るとなんとも甘ずっぱい香りがした。

「半夏生（千早ではハゲッショ）の時分に実ぃがなるさかい、聡さんも食うたらええ」

「この家に初めて来た時、アマエンに腰かけてお母さんと柿の話をしたんですよ」

「ほうなんけ」

「善平さんが柿好きやから植えたって、言うてましたけど」

「ほんまのことやで」

「私も柿が大好きです」

「なんでれでえ（何故）。ワレはええデショーやさけ、メロンやいちごとちゃーうんけぇ」

　赤鬼さんは河内弁でまぜっかえした。

「ほんまです。善平さんと一緒です」

「聡さんは、婆さんっ子け」

「その通り、です」

赤鬼さんは余計なことを尋ねてしまったと、口を窄めた。

「聡よ」

「なんですか」

「おいおいでええけど、千早に馴染むんなら、善平の事あんにゃんと呼ばなあかんで」

「あんにゃん、ですか」

「それがフツーやがな」

赤鬼さんは善ちゃんの方に向き直った。

「やえ、善平」

「なんかいなあ」

「聡にあんにゃんて呼ばれたら、ちゃんと返事せぇなあかんで」

「分かったンがな」

「善平は聡のあんにゃんや、さけな」

「言わいでも分かったンがな」

善ちゃんは、環境の変化に気付き始めている。この先一体どうなることかと戸惑っているが、逞しい善ちゃんのことであるから、大丈夫、ポイ（河内弁でお茶の子さいさい）である。

「聡さんの脳みそやったら、新しい千早の環境もポイや」

「どういう意味ですか」

「河内に住むんなら、カーチ弁習え」

きょうび昔の河内弁を使う者がめっきり減っている。この人情味あふれる言葉を使わないのは、なんとももったいない話である。

「お父さん」

「なんやいなぁ」

二人はいつの間にか親子の役割を演じていた。

「正月に、遊びに来てもええですか」

「勿論やが、それより先に正月の餅つきや。都合付いたら来てくれや」

「今年は、せんでえん違うか」

赤鬼さんが正した。

「世間はどうか知らんけど、ワレとこの分もあるし、花子もその方が喜ぶやろ。にんぎゃかにみんなでつこやないけ」

正月と聞いて、善ちゃんは目を輝かせた。

「聡さん。べったしよなあ」

「しましょう」

「トントン紙相撲も、しよなあ」

「しましょう」

人を思いやる優しさは、人が壊れるのを守ってくれる防風林になる。人にはそれが必要である。

「凧あげも、しようなあ」

「しましょう」

聡さんはうんと楽しそうである。

「聡よ」

赤鬼さんが呼び掛けた。

「善平と付き合うたら、人生ええように変わるさけな」

「よう分かってまーす」

聡さんはゆっくり手を挙げた。

南河内の善ちゃんの話はこれでおしまいだが、千早赤阪村の日常はこれからも長く続く。

人生は須臾の間でおますけど、
どなたアンも、ええ一生でおますよォに

著者プロフィール
中村 俊治（なかむら しゅんじ）
大阪市在住。
著書『なにわ草野球ボーイズ』（文芸社、2021年）

南河内の善ちゃん

2024年２月15日　初版第１刷発行

著　者　中村 俊治
発行者　瓜谷 綱延
発行所　株式会社文芸社
〒160-0022　東京都新宿区新宿１－10－１
電話　03-5369-3060（代表）
03-5369-2299（販売）

印　刷　株式会社文芸社
製本所　株式会社MOTOMURA

ISBN978-4-286-24907-0　JASRAC　出2309149－301